Mellie Eliel

Tempêtes, foi et résilience
Roman

Mellie Eliel

© Tous droits réservés
© 2024 Mellie Eliel
Édition : BoD · Books on Demand GmbH,
In de Tarpen 42, 22848 Norderstedt (Allemagne)
Impression : Libri Plureos GmbH, Friedensallee 273,
22763 Hamburg (Allemagne)
ISBN : 978-2-3225-4175-1
Dépôt légal : Octobre 2024
Date de parution : oct.2024

Le code de la propriété intellectuelle n'autorisant aux termes des paragraphes 2 et 3 de l'article L.122-5, d'une part, que les copies ou reproductions strictement réservées à l'usage privé du copiste et non destinées à une utilisation collective et, d'autre part, sous réserve du nom de l'auteur et de la source, que les analyses et les courtes citations justifiées par le caractère critique, polémique, pédagogique, scientifique ou d'information, toute représentation ou reproduction intégrale ou partielle, faite sans le consentement de l'auteur ou de ses ayants droit ou ayants cause, est illicite (article L.122-4). Cette représentation ou reproduction, par quelque procédé que ce soit, constituerait donc une contrefaçon sanctionnée par les articles L.335-2 et suivants du Code de la propriété intellectuelle.

1

Sur Terrum, dans une dimension parallèle à la Terre où tout était identique à ce que vous connaissez, à part le nom de notre planète. Voici mon histoire un peu particulière : Sady me tenait contre lui et me serrait fort. Si fort que je lui dis : « Tu me fais mal ! »

Il avait l'air de s'en moquer. Il continuait à me comprimer. Je me débattais et parvint à me libérer de son emprise. Je m'éloignais et lui hurlait dessus : « Mais qu'est-ce que tu as dans la tête ? Je t'ai dit que tu me faisais mal ! »

Sady me rétorqua : « TF fou sale chienne, ne me parle pas sur ce ton. Tu n'es qu'une femme, tu n'as pas le droit à la parole, tu devrais le savoir avec ton père. Il n'a pas assez bien fait son travail... »

Je le regardais et sentait mes larmes montaient, mais il n'était pas question que je lui montre quoi que ce soit. Je lui dis : « Je rentre, je suis fatiguée. »

Sady : C'est moi qui décide quand on rentrera sale chienne, sale trainée. Quand on sera rentrés à la maison, tu auras intérêt à faire le ménage et le repas, sinon je devrais m'occuper de ton cas. Je peux t'assurer que tu ne l'oublieras pas de sitôt.

Je ne répondis rien, j'avais juste envie de disparaitre.

Je m'étais mariée avec Sady pour échapper à la maison familiale où je me faisais maltraiter quotidiennement par Arif mon père. Ou en tout cas, celui que je croyais l'être. J'appris des années plus tard qu'il n'en était rien. Je découvrais avec stupeur qu'il n'avait aucun lien de parenté avec moi. Et qu'il avait œuvré pour ma perte en me jetant à corps perdu avec Sady pour qu'il reprenne son flambeau avec moi. Cela faisait déjà un an que l'on était marié et j'avais déjà accouché d'un petit garçon qui ressemblait énormément à son père et qui tout doucement prenait le même chemin que ce dernier. D'ailleurs, à plusieurs reprises, il lui montrait comment me cogner dessus et lui demandait de reproduire ses gestes. Je me retrouvais donc sous leurs coups et je n'avais, bien entendu, pas le droit de broncher. Je regrettais ce mariage, comment allais-je faire pour vivre avec un autre monstre ? Je ne retrouvais aucun soutien de la part de ma belle-famille, l'homme ayant tous les droits et la femme devant éternellement se taire quoi qu'il arrive. J'étais malheureuse. Les jours passaient et se ressemblaient. Il avait pu me rejoindre sur le territoire français et me menait la vie dure, à chaque début de mois, il récupérait ma carte bancaire et se servait allègrement dessus, ne me laissant à peine de quoi régler les factures.

Il ne dépensait pas un centime pour la maison, pour son fils et encore moins pour moi. Vers la fin de notre couple, il ramenait même les prostituées au domicile et sous mes yeux, me laissant comprendre que même à ce niveau-là, j'étais une bonne à rien. J'avais pourtant tout essayé, en vain. Je ne comprenais pas ce que j'avais fait de mal pour vivre ainsi. Je tombais enceinte une seconde fois, par inadvertance, et lorsque je le lui appris, il me cracha dessus et me rétorqua : « Ce n'est pas moi le père, tu n'es qu'une traînée, tu n'es qu'une salope, tu sors le soir et tu te fais sauter comme les chiennes dans le caniveau ! »

Je passais ma grossesse tant bien que mal et j'accouchais dans la douleur, à l'hôpital, seule et au désespoir. Ma mère qui se trouvait complètement sous la coupe de cet homme que je croyais être mon père, s'appelait Naïs vint me rendre visite, elle fut la seule. Ce bébé était une fille et ressemblait elle aussi à son père. L'une des rares fois où il avait accepté d'avoir un rapport.

Après quelques années de doutes, de douleurs, de tromperies, de mensonges, de vols, de dénigrements, d'insultes et de coups, je finis enfin par me révolter et demander le divorce auprès d'une avocate. Celle-ci m'expliqua la marche à suivre. Je mis en place les éléments à ma disposition et lui ramenait tous les documents requis. Je coupais court, par la même occasion, à sa demande de naturalisation qu'il avait effectuée auprès de la préfecture. Il me le reprocha en me battant allègrement. Je décidais alors de quitter le foyer conjugal et retournais chez mes parents. « Mon père » faisait semblant d'approuver ma démarche mais une fois seule, sans ma mère pour me défendre, il m'insultait, me frappait et me traitait de tous les noms et me tripotait. Je ne pouvais rien dire. J'avais alors presque 26 ans et cinq ans et demi était déjà passé. Je ne savais même pas comment j'avais fait pour tenir tout ce temps. J'avais des cheveux blancs qui avaient poussés et ce n'était que le début.

J'obtins mon divorce assez rapidement et put enfin respirer. La garde m'était octroyée. Jusqu'à ce qu'un jour, mes enfants décident de partir vivre chez leur père et de lancer de fausses accusations contre moi. Une affaire judiciaire s'ensuivit et je fus obligée de reprendre un avocat. Le meilleur de la région où je résidais. Grâce à Dieu et à son travail remarquable, j'obtins gain de cause, non pas sans mal et difficultés mais je réussis après plus de quatre longues années à me défaire de tout ce capharnaüm. Mes enfants partirent officiellement vivre chez leur père et je demandais même le retrait de l'autorité parentale, étant beaucoup trop heurté par les derniers évènements traumatiques les concernant qui me fut accordé.

Entre temps, Arif avait réussi à me faire retomber sur Momar, un membre de sa famille mais éloigné. Je ne connaissais même pas son existence et je me retrouvais, bien malgré moi, enceinte une première fois de ce dernier. Après un viol dont je me serais bien passé, j'apprenais la grossesse, il le découvrit et me fit avorter spontanément en me battant dans le ventre comme un fou. Je tombais à terre et saignait abondamment jusqu'à perdre connaissance. Cette relation n'en était pas vraiment une, ou alors seulement pour ce dernier. Il me violait pendant je subissais et je n'avais pas le droit à la parole sinon, il me frappait. Encore plus fort que mon ex-mari Sady. Je me demandais vraiment ce que j'avais fait pour mériter de vivre ainsi. Je n'avais connu que la misère, la galère et le malheur. J'avais l'impression que cela ne s'arrêterait jamais. Il me força à l'épouser pour qu'il puisse me rejoindre sur le territoire français. Parce que oui, Arif m'avait envoyé quelques temps dans son pays pour me changer les idées et me faire rencontrer Momar. J'appris plus tard que mes deux rencontres avec Momar et Sady avaient été en fait un coup monté de Arif pour me faire tomber et que je courre à ma perte. C'est ce qu'il avait planifié pour moi, dès ma venue sur Terre. C'était un homme sadique, monstrueux et manipulateur. Il était toxique et diabolique. Après quelques mois, je retombais enceinte et Momar y vit l'occasion de « monter » en France pour y vivre gratuitement grâce aux aides de l'état, comme il le répétait. Je retournais alors chez ma mère contre l'avis de Arif pour poursuivre ma grossesse. Elle fut l'une des plus difficiles que j'ai eu à vivre. Encore une fois, je fus seule pour accoucher, je cru mourir sur la table, si une auxiliaire de puériculture n'était pas intervenue, je ne serais plus de ce monde pour vous raconter cette histoire. Après de maints efforts sans péridurale, le bébé sortait enfin et il ressemblait comme deux gouttes d'eau à son père. Ce dernier était resté bloqué dans le pays, sans pouvoir avoir de nouvelles. Il me harcelait et finit par me menacer. Après plusieurs années, je finissais par demander le divorce au pays par l'intermédiaire de la sœur de mon « père ». À ce moment-là, je ne savais pas encore que je n'avais aucun lien véritable avec tout ce monde-là.

Je le sus plus tard et tout à fait par hasard. Ce divorce était une libération pour moi, l'enfant avait alors trois ans et allait vivre avec son père qui avait, je ne sais comment, réussi à être reçu par une université sur l'hexagone. Ainsi, il retournerait en compagnie de son fils, vivre là où il l'espérait depuis le début mais sans moi. Je m'assurais que je ne serais plus déranger par ce dernier, en me retirant à nouveau l'autorité parentale, qui me fut une nouvelle fois accordée. J'avais vécu toute ma vie parmi ces gens du bled, me pensant comme eux, les supportant et encaissant sans rien dire leur comportement inadéquat et opportuniste et je découvrais qu'en fait, je n'étais que française et que je n'avais aucun lien avec tout ce monde-là. Je demandais à ma mère pourquoi elle m'avait caché cette vérité-là et elle répondit alors qu'elle croyait sincèrement que j'étais sa fille. En fait, il semblait qu'il avait eu des doutes sur sa grossesse et avait fait un test de paternité, il s'avérait qu'il n'était pas mon père biologique, il m'avait alors quand même reconnu et m'avait fait payer mon arrivée sur terre en me battant, en me tripotant, en me violentant chaque jour, physiquement, psychiquement et avait œuvré pour ma perte en me mettant sur la route, des types comme lui, opportunistes, menteurs, manipulateurs, égoïstes, voleurs, violeurs etc. Je me rappelle bien que je m'effondrais en découvrant la nouvelle. Et demandait à ma mère qui était mon vrai père, mais elle ne sut jamais quoi me répondre. Si ça se trouve, il l'avait fait violer également, il en aurait bien été capable et elle s'était retrouvé enceinte de moi, sans savoir vraiment qui était le père. Avec cette ordure, tout était possible. Je pouvais, à présent, parler ainsi car ma mère et moi, avons appris récemment qu'il était mort depuis quelques années, là-bas dans son pays, dans sa famille et bien entendu, personne n'avait envisagé de nous prévenir. Ne me sentant pas particulièrement libérée par cette nouvelle, je décidais de prendre la plume pour partager mon histoire.

Après plusieurs mois à broyer du noir, je décidais de m'inscrire sur une application de rencontre, j'avais alors 29 ans. J'étais encore jeune, belle et suffisamment mûre pour faire des rencontres. Je mis une photo floue de moi et me lançait dans cette aventure, j'eu des milliers de retours d'hommes intéressés par mon profil. La plupart intéressés par le sexe. Au début, c'était agréable de voir et de constater que je plaisais toujours, mais à force cela devenait épuisant. Pas un ne sortait du lot, jusqu'au jour où…je tombais sur lui. Sa photo était différente, son regard, sa pose, son sourire, ses yeux, bref sa personne. Je mis des cœurs à ce dernier pendant plusieurs jours, jusqu'à ce qu'il comprenne que j'attendais qu'il fasse le premier pas et qu'il vienne m'écrire, ce qu'il fit après plus de neuf jours ! Il me mit un cœur également et nous pûmes enfin échanger.

2

Nous discutâmes pendant des heures, de nos passions, de nos intérêts, de nos activités, puis nous échangeâmes nos numéros de téléphone et nous continuâmes pendant plusieurs jours à apprendre à nous découvrir. Il m'avoua après deux heures de discussions qu'il sentait son cœur battre fort. Il m'expliqua que cela faisait déjà un an et demi qu'il était célibataire, il m'envoya des photos de lui où il paraissait musclé, avec de belles tablettes de chocolat. Bref, un homme beau, intriguant et vraiment très sexy.

Il semblait s'attacher rapidement, en même temps j'avais de la répartie, j'argumentais mes propos, je ne ressemblais en rien à ces petites poules qui jacassent et qui n'attendent que le moment d'aller fumer la chicha et passer à l'acte défoncée. J'avais des choses à partager, à dire et surtout j'avais besoin d'amour. Il me faisait rire, il me semblait vraiment idéal pour moi et tout ce que j'avais déjà traversé avec les autres. Je revenais de tellement loin, de l'enfer. Et surtout Arif ne le connaissait pas, ce n'était pas quelqu'un qui venait de sa part. Et ça, ça faisait toute la différence. Je réalisais d'ailleurs que mes ex-maris étaient en fait un coup monté, une supercherie et que je m'étais retrouvé prisonnière d'une vie non désirée avec des monstres.

Je cherchais donc un homme qui n'ai aucun rapport avec ces gens, qui ne viendrait pas du bled ni rien. Pour avoir vécu parmi eux, toute ma vie, je savais parfaitement ce qu'ils valaient, ce qu'ils pensaient, ce dont ils étaient capables, je connaissais tout d'eux. Et personne au monde ne pouvait autant les haïr que moi, non personne. Il n'y en avait pas un pour rattraper l'autre, tous crachaient sur l'hexagone mais tous rêvaient de s'y trouver, pour saccager tout ce qui ne leur appartenaient pas. Il ne fallait surtout pas les contredire sinon ils agitaient leurs poings mais ils se permettaient d'attaquer, d'insulter, de tuer, de voler, de manifester et de réclamer des choses quelles qu'elles soient pour un oui, pour un non. J'avais été assimilée à ces choses, à ces gens d'un autre temps qui prônaient le terrorisme, les premiers antisémites au monde, des assassins, des violeurs et menteurs et je ne le supportais plus. Je n'avais qu'une seule idée en tête, me débarrasser d'eux, les oublier, tenter d'avancer autant que possible. C'était difficile mais je m'accrochais. Alors rencontrer cet homme qui semblait ne rien avoir en commun avec ces derniers me mettait le cœur en joie. Et j'espérais beaucoup et j'avais beaucoup d'attente. Moi, qui avait été blessée, moi qui avait été maltraitée, toute ma vie par des hommes, j'avais un espoir, j'en rêvais. Et au début, il semblait qu'il tienne ses promesses.

Nous nous rencontrâmes au bout d'un mois et demi, lui vivait dans une autre région que moi et travaillait en tant que gendarme sous contrat. Moi, je me cherchais encore, surtout après tous mes déboires. J'apprenais enfin à vivre seule, à vivre libre, sans larbin d'Arif pour me porter préjudice.

Nous nous installâmes assez rapidement ensemble, au bout de quelques mois. Nous eûmes une première fille qui ressemblait, là encore à son père. Tant dans le caractère que dans le physique. Les problèmes débutèrent peu à peu à ce moment-là.

Il s'était bien gardé de me dire qu'il n'aimait pas travailler, qu'il était atteint d'un trouble du spectre de l'autisme, que l'on découvrit quelques années plus tard, et qui expliqua pas mal de situations insupportables que l'on vivaient depuis. Mais moi, qui avait chercher presque « le prince charmant », je tombais de haut. Et je tombe encore de haut, le problème c'est que ma vie n'a toujours pas évolué. J'en suis toujours au même point, alors je vais, comme dans un journal intime, ou un journal de bord, vous raconter ma vie, à partir de maintenant. Ainsi, vous vivrez avec moi, le quotidien lourd et pesant d'une conjointe d'un homme TSA.

Au début, il m'emmenait au cinéma, au début, il me regardait avec les yeux de l'amour, il me regardait tout court, puis il me préparait des petits plats, il s'intéressait à tout ce qui me concernait, il était aux petits soins, il programmait des activités, des sorties, il m'offrait des fleurs, il m'aimait sans condition et je me sentais aimée, je me sentais désirée et acceptée telle que j'étais.

Aujourd'hui, je peine à croire que cela fait déjà neuf années que l'on est ensemble. J'ai l'impression que je me suis perdue en chemin, j'ai la sensation que ma vie ne m'appartient pas. Je suis la mère d'une adorable seconde fille qui a vu le jour six ans après sa sœur ainée et qui, pour une fois, est mon portrait craché, dans tous les domaines. Nous sommes très fusionnelles. Et concernant notre aînée, nous avons de fortes suspicion, je suis quasiment sûre qu'elle a un trouble de l'attention avec hyperactivité et un trouble de l'opposition avec provocation. Autant dire qu'entre mon conjoint et cette dernière, j'ai l'impression d'être en prison. Je n'ai aucun répit. Je n'en vois pas le bout. Je suis tout le temps en train de crier sur l'un et sur l'autre. À cela s'ajoute ma mère chez qui nous vivons, car depuis la mort d'Arif, nous avons fait le choix de ne pas la laisser seule. Alors parfois nous nous serrons les coudes et le reste du temps, cela explose : conflits intergénérationnels, incompréhensions, paroles blessantes, provocations, insultes, mauvaise foi, interactions sociales inexistantes, et j'en passe. Quand je repense à ma vie, à mon existence, je n'en vois pas le bout. J'ai l'impression de stagner, j'ai même penser que j'avais dû être terrible dans une autre vie, pour mériter autant de souffrance dans cette vie-ci.

3

Bref, mon quotidien ressemble davantage à un désert qu'à une vie bien remplie. Je posais un ultimatum à Ellis en ces termes : « Ecoute, quelle que soit la manière dont je m'adresse à toi, que ce soit posément, gentiment ou bien en hurlant et piquant des crises de nerfs monstrueuses, tu sembles ne pas comprendre la situation, alors je vais te le répéter pour la dernière fois, soit tu te bouges enfin les fesses, tu changes, tu évolues positivement, tu te prends en charge, tu arrêtes de répéter que c'est bon, tu as compris mais il ne se passe jamais rien, soit tu prends définitivement la porte, car je ne peux plus continuer ainsi. J'emmènerais mes filles loin de toi, dès que ce sera possible, dès que l'héritage d'Arif tombera enfin et il n'y aura plus de nous deux, ce sera terminé et ce sera trop tard pour pleurer. Là, tu auras de bonnes raisons de te lamenter, la balle est dans ton camps. C'est à toi de voir… mais sache que chaque jour qui passe où je ne constate aucune amélioration, ne joue pas du tout en ta faveur. »

Elle le laissa seul et sortit de la maison. Elle réfléchissait et avait besoin de prendre du temps rien que pour elle. Elle n'en pouvait plus d'être dépendante des autres, toute sa vie avait été reliée au bon vouloir des uns et des autres. Pourtant, elle avait un caractère fort, mais elle avait été brisée plus jeune par Arif et ensuite par ses deux ex-maris qui avaient très certainement dû aggraver encore son état d'esprit. Elle les haïssaient à un point inimaginable, elle détestait également Ellis de se relâcher, de ne rien faire pour les sortir de cette situation, ce n'était pas juste, elle ne méritait pas cela. Elle comprit que son bonheur ne passait peut-être pas par un compagnon de vie mais bien par elle. Elle rêvait de liberté mais elle ne savait pas comment y parvenir ? Elle n'avait pas vraiment de certifications, ni de diplômes, mettant en avant des compétences quelconques dans un ou plusieurs domaines d'expertises. Que devait-elle faire ? Il fallait à tout prix qu'elle se prenne en main. Et rapidement. Sa santé mentale, physique et financière en dépendait.

Elle rentra avec un nouvel objectif, celui de se créer une situation, un avenir. Elle n'en parla à personne, de toute façon, elle en était convaincue, aucun membre de sa famille ne l'aurait prise au sérieux.

Elle décida de ne plus parler avec Ellis, de toute façon, qu'elle lui parle ou non, cela ne changeait rien, il demeurait toujours identique. Naïs avait cette tendance, à rajouter de l'huile sur le feu, par moment, le concernant. Se rendait-elle compte qu'elle attisait les flemmes en se comportant ainsi ? Je n'en suis pas sûre. En tout cas, je me retrouvais à 37 ans, en « couple » avec deux filles dont une que je ne comprenais pas du tout, aux côtés d'une mère un peu excentrique sur les bords et un conjoint complètement déconnecté. Voilà ma vie, moi Sandy.

Dès le lendemain, je me mis en quête de sortir et de prendre de bonnes résolutions. J'allais en mairie pour inscrire deux fois par semaine ma fille aînée à la cantine, afin qu'elle apprenne à se sociabiliser davantage et qu'elle profite mieux auprès de ses copains d'école, et pour moi d'avoir un peu plus de temps à consacrer à ma seconde mais aussi à mon avenir.

Je me désintéressée d'Ellis. Tout comme il l'avait fait pour moi et qu'il continuait encore.

Je trouvais un travail qui me semblait accessible, je postulais dans la foulée et croisais les doigts pour obtenir un retour favorable. Et contre toute attente, je découvrais à peine quatre jours après, un courriel m'indiquant que mon profil les intéressaient. J'avais un entretien téléphonique avec un « parrain » qui m'accompagnerait tout au long afin de me former à ce nouveau métier. Il s'agissait d'un métier dans l'immobilier, cela remplissait toutes les cases, les commissions étaient attractives et il y en avait de trois sortes, je serais aidée, accompagnée et formée tout au long de l'activité par le fameux parrain, je serais en lien avec un gestionnaire administratif qui m'épaulerait au quotidien, j'aurais accès à des outils digitaux performants et exclusifs ainsi qu'à un réseau de partenaires. Et c'était bien sûr, une liste non exhaustive.

Alors le jour de l'appel, j'attendais simplement et décrochais : « Bonjour Mattei, je suis enchantée de cet appel et vous remercie de m'avoir sélectionné. »

Mattei : Bonjour Sandy, c'est un plaisir de faire votre connaissance, alors comment allez-vous ?

Sandy : Je vais bien, merci.

Mattei : Très bien, nous allons pouvoir commencer. Connaissez-vous un peu le métier ?

Sandy : De nom uniquement, mais je suis prête à apprendre tout ce qu'il faut savoir.

Mattei : Oui, je le sens dans votre voix, vous avez l'air de vouloir intégrer notre équipe.

Sandy : Oui, tout à fait. J'adore le contact humain, j'aime accompagner, orienter, conseiller et j'aime ma liberté aussi.

Mattei : Ah oui, la liberté, cela n'a pas de prix. Vous avez bien raison. Laissez-moi vous expliquer le fonctionnement.

Sandy l'écoutait attentivement, elle avait un sourire aux lèvres. C'était bon signe. Elle raccrocha au bout d'une heure et nota dans son agenda un rendez-vous. Elle devrait le rencontrer ainsi que d'autres membres de l'entreprise, dans une semaine exactement.

Elle semblait ravie, elle ressentait beaucoup les gens, et là, l'appel s'était vraiment bien passé, elle y croyait. Elle n'en parla à personne et poursuivit sa routine comme d'habitude.

Arrivée au jour J, elle dit à sa mère : « Je dois m'absenter, je rentrerais dans quelques heures. »

Naïs : Où vas-tu ?

Sandy : Maman, je n'ai pas de comptes à te rendre, je pense qu'à mon âge, j'ai le droit de sortir sans te demander la permission, et encore moins t'indiquer où je me trouve. Fais-moi un peu confiance !

Naïs : Je m'inquiète pour toi, c'est mon droit !

Sandy : Oui et bien non. Je sors.

Naïs : Et Ellis, est-il au courant ?

Sandy : Non, mais tu sais aussi bien que moi, comment est notre relation, alors laisse tomber.

Naïs ne répondit rien. Sandy monta dans sa voiture et démarra rapidement. Elle avait hâte d'y être.

4

Arrivée devant le point de rendez-vous, je me garais et prit le temps de respirer profondément. Je jetais un coup d'œil rapide dans le rétroviseur, histoire de m'assurer que ma tête allait bien.

Je sortais vite et rentrais dans l'immeuble, je frappais à la porte d'un bureau où se trouvait son prénom indiquer.

J'entendis sa réponse et ouvrit la porte. Il me fit un grand sourire et me dit : « Entrez, Sandy, je vous attendais.

Je suis heureux de faire votre connaissance, j'espère que vous allez bien depuis notre appel de l'autre jour ? »

Sandy : Oui, je vais bien, j'avais hâte de venir.

Mattei : Eh bien, c'est plaisant. Vous êtes très différente de ce à quoi je m'attendais.

Sandy le dévisagea, elle ne comprenait pas ce qu'il voulait dire par là. Il s'en rendit compte et lui dit : « Je me suis mal exprimé, je voulais dire que vous êtes une jeune femme très avenante et agréable. »

Sandy lui répondit par un sourire, il lui dit : « Vous pouvez vous asseoir, nous allons être rejoints par deux autres candidat. »

Sandy : D'accord, je suis donc la première arrivée.

Mattei : Oui, j'aime bien les personnes ponctuelles, c'est un très bon point.

Sandy se sentait toujours un peu crispée. Il s'en rendit compte et lui dit : « Détendez-vous, je vous sens un peu tendue, tout va bien. »

Sandy hocha la tête. Elle enleva sa veste et se mit à l'aise, il la regardait en souriant. Elle s'en rendit compte et lui dit : « Pourquoi me regardez-vous ainsi ? »

Mattei : Pour rien, mais je serais un âne de ne pas vous admirer, vous êtes une très belle femme.

Sandy se sentit rougir, cela faisait bien longtemps que personne ne lui avait dit ce genre de choses. Elle ne savait plus où se mettre. Il le sentit et lui dit : « Ne vous inquiétez pas, je ne suis pas un rustre, je sais me comporter. De plus, nous sommes là pour le travail. Mais lorsque quelque chose ou quelqu'un est beau, il me semble qu'il est bon de le dire, un compliment ne mange pas de pain et cela fait toujours plaisir à celui qui le reçoit. N'est-ce pas ? »

Sandy : Oui c'est vrai. Je suis comme ça également, j'essaie toujours de faire des compliments ou de sourire lorsque l'occasion se présente. Mine de rien, cela fait toujours plaisir et on ne sait pas ce que ceux qui les reçoivent, traversent.

Mattei hocha la tête. Il ressentait en elle, à ses côtés, beaucoup de souffrances passées et présentes, de douceur aussi, de tendresse étouffée, d'envie de faire ses preuves, bref un mélange de plusieurs ressentis et sensations indéfinissables.

Il sortit de ses pensées lorsqu'il entendit la porte s'ouvrir avec deux autres candidates. Celles-ci étaient complètement différentes de Sandy, l'une était assez petite de taille, blonde avec une queue de cheval haute, elle était bien maquillée et avait des griffes à la place des ongles. Elle portait une mini-jupe en simili cuir et un chemisier blanc avec des fronces sur les côtés, et des bottes montantes jusqu'aux genoux. Et la seconde était plus grande, un peu plus ronde et elle portait un jean noir moulant un sweat-shirt rose fluo, elle portait des escarpins noirs éclatants, ses cheveux étaient détachés et son maquillage était très prononcé. Les deux cocotaient beaucoup, un double mélange de parfum bien prononcé, type fruité et fleuris ainsi que des notes de bergamote, jasmin, rose, patchouli, vanille qui prédominait. Bref, un mélange détonnant qui souleva l'estomac de Sandy et Mattei. Ce dernier leur dit : « Eh bien, quel est cet accoutrement ? »

L'une d'elle répondit : « Ben quoi ? Y'a un problème ? »

Mattei : Nous ne sommes pas en boite de nuit ici.

L'autre répondit : « Et alors, nous le savons, mais c'est de la discrimination anti bombasse ! »

Sandy se mordait les lèvres pour ne pas rire, cette dernière s'en rendit compte et lui dit : « Eh toi, c'est quoi ton problème ? »

Sandy ne se sentait pas visée pour deux sous, elle ne répondit rien, alors la candidate lui donna un coup derrière la tête pour la faire réagir. Mattei intervint immédiatement et leur dit : « Bien, je crois que vous n'avez pas compris le principe de ce travail, la cage aux poules ce n'est pas ici. Dehors maintenant ! »

La blonde se nommait Seraphina. Elle dit à Mattei : « Dommage parce qu'un beau gosse comme toi, ça n'a rien à faire avec des boudins comme elle ! »

Elle pointait du doigt Sandy qui se leva et qui lui dit : « Doucement ma grosse, je fais facilement deux têtes de plus que toi, à côté de moi, tu es ridicule et je t'aplatis quand je veux, et où tu veux ! Tu veux faire la maline, mais tu ne gagneras pas à ce petit jeu. Je connais bien les personnes comme vous, vous avez une grande gueule mais dès qu'il faut bastonner, vous vous repliez et vous prenez du renfort sinon, y a plus personne. Donc du balai ! »

Cléo s'approcha dangereusement d'elle et lui donna une claque qui retentit dans tout le bureau. Sandy se releva et sentit son sang montait d'un coup à son cerveau, elle s'était jurée qu'après ses ex-maris et Arif, plus personne ne lui lèverait la main dessus et cette petite pétasse grosse et hideuse venait de le faire. Elle regarda Mattei et lui dit : « D'avance pardon et tant pis si je dois perdre ce poste, mais je ne peux pas ne pas réagir. »

Elle attrapa la fille vers l'extérieur et lui mit une raclée, elle avait l'habitude de se faire cogner dessus, il était évident qu'elle en avait pris toute sa vie, elle connaissait parfaitement les endroits du corps qui faisaient le plus mal. Elle cibla précisément les coups et la laissa en crachant à côté d'elle. Puis elle regarda sa copine et lui dit : « Maintenant, avec ta copine, tu vas dégager d'ici, si je te revois dans les parages, je te ferais subir la même chose, t'as compris ? »

Seraphina : On va porter plainte contre toi ! Tu vas avoir des problèmes.

Mattei sortit des bureaux avec des collègues et leur dit : « Elle n'aura aucun problème, nous témoignerons en sa faveur, elle n'a fait que se défendre, c'était magistral Sandy, où avez-vous appris à vous battre comme ça ? »

Cette dernière ne répondit rien, elle baissa la tête, il comprit sur le champs, qu'elle avait un lourd passé avec ce genre de situations.

Il regretta sa question, il lui dit : « Venez rentrer et installez-vous dans mon bureau, mes collègues appelleront la police et ne craignez rien, ils ne vous embarqueront pas. De toute façon, tout a été filmé, parce que oui mesdemoiselles, nous avons des caméras de surveillance qui vous montrent en train de vous en prendre à Sandy. Je pense qu'un petit tour au commissariat ne vous fera pas de mal, et par pitié redescendez sur terre, vous êtes affreuses, quel homme sain d'esprit pourrait aimer de tels accoutrements, à part les guignols qui ne sont là que pour la baise ? »

Seraphina et Cléo semblaient dépitées. La police arriva sur les lieux rapidement et fut informée par le personnel de l'entreprise de la situation. Ils passèrent la vidéo de surveillance et comprirent qui étaient les fauteurs de trouble.

Grâce à Dieu, il n'existait pas de caméra en dehors de l'enceinte du bâtiment ce qui ne leur permit pas de connaitre tous les tenants et aboutissants de l'état de l'une d'elle et comment elle s'était fait taper dessus. Ainsi, Sandy n'aurait aucun problème avec ces derniers.

Ils les embarquèrent au poste. Mattei remercia ses collègues et retrouva Sandy qui se rhabillait, elle était prête à partir lorsqu'il ouvrit la porte de son bureau, il lui dit : « Mais où allez-vous comme ça ? L'affaire est réglée, nous allons enfin pouvoir commencer ! »

Sandy : Je suis désolée pour ce qu'il s'est passé, je n'aurais pas dû m'emporter comme ça, cela ne montre pas une image très professionnelle de moi.

Mattei : Non, cela montre que l'on ne peut pas vous marcher dessus et c'est une bonne chose. De toute façon, elles n'avaient rien à faire là, elles n'étaient pas au bon endroit.

Sandy : Je pense qu'elles envisageaient un plan avec vous.

Mattei : Ah eh bien, non merci. Je n'aime pas du tout ce genre de pétoches. Allez, je débauche bientôt, alors restez jusqu'à la fin et poursuivons notre accompagnement, d'accord ?

Sandy finit par accepter, elle se rassit et l'écouta jusqu'à la fin. Il lui dit : « Alors, est-ce que ce travail pourrait vous convenir ? »

Sandy : Oui, tout à fait.

Mattei : Parfait, dans ce cas, je vous souhaite la bienvenue parmi nous.

Sandy : Quoi ? Ça y est ? C'est terminé ?

Mattei : Eh oui, c'est terminé, nous avons accompli la dernière étape, nous allons poursuivre mais une semaine sur deux car vous allez vous former à présent.

Sandy : D'accord. Je vous remercie.

Mattei se leva de son fauteuil et l'accompagna vers la sortie, il lui dit : « Mais avec plaisir Sandy, vous êtes quelqu'un de spécial, je le sens. Et j'espère que vous en avez conscience ? »

Sandy : Non pas vraiment.

Mattei : Eh bien sachez-le. Nous nous reverrons donc lundi à partir de neuf heures, ici dans nos locaux.

Sandy le remercia et sortit rapidement. Ce Mattei était fort agréable et sympathique. Elle n'en était pas sûre mais elle avait l'impression qu'il la courtiser. C'était agréable, après neuf années de vie commune avec Ellis, elle n'avait plus jamais ressenti de telles sensations. Il était très prévenant et avait pris son parti contre les deux garces.

Elle rentra chez elle et retrouva ses filles. Elle s'en occupa et se garda bien de parler de quoi que ce soit. Elle allait pouvoir enfin se libérer et être indépendante.

5

Elle repensait à Mattei et elle se demandait bien ce qu'il avait pensé d'elle au moment où elle s'était relâchée auprès des deux merdasses. Parce que même elle, ne s'attendait pas à cette réaction, cela faisant longtemps qu'elle s'était imaginée en train de rendre la monnaie de leur pièce à ces gens qui frappent facilement mais elle n'avait encore jamais osé passer à l'action. Alors le fait de s'être jeté à l'eau, comme ça sans réfléchir, elle n'en revenait pas.

Et alors qu'elle repensait à tout cela, elle reçut un message de ce dernier : *« Hé bonsoir Sandy, c'est Mattei. C'est juste pour vous dire que je suis très heureux de commencer cette collaboration ensemble, je vous souhaite une belle fin de semaine ! À lundi, »*

Sandy ne savait pas si elle devait répondre, elle hésitait puis finit par lui écrire : « *Je vous remercie pour ce gentil mot, j'ai hâte de débuter cette formation, bonne soirée, Sandy,* »

Elle changea son mot de passe et mit son téléphone dans sa poche. Elle resta auprès de ses filles tout le reste de la soirée.

De son côté, Ellis ne se doutait pas un seul instant de ce qui se tramait, il était toujours dans sa bulle, renfermé et semblait-il, très bien ainsi. Il entendait les reproches de Sandy, mais il ne modifiait pas son comportement, ou si peu que cela ne comptait pas. Il se sentait dépasser et refusait l'idée d'avoir besoin d'aide, pourtant il en aurait bien besoin. Quant à Mattei, il était posé sur son canapé devant la télévision, mais il ne l'écoutait pas. Il était un peu plus grand que Sandy, brun, yeux miel clair/verts, il chaussait du 43 en taille de chaussure et portait généralement un jean, des baskets montantes, des polos et t-shirts, des pulls et gilets, parfois des chemises, ainsi que des sweats. Il avait un beau sourire avec des fossettes et un regard profond et mystérieux. Il était âgé de 38 ans et était célibataire depuis déjà trois ans. Il avait un chien qui s'appelait Tacos. C'était un labrador qui aimait beaucoup jouer et sauter chaque matin sur son maître pour le réveiller pour la promenade. Et il avait une chatte qui se nommait Dottie et qui n'était plus toute jeune, elle passait le plus clair de son temps à dormir en boule contre les radiateurs de l'appartement.

Mattei avait emménagé là après sa douloureuse rupture d'avec sa fiancée qui l'avait trompé et lui reprochant d'être une vraie crème et de ne pas assez s'imposer, pas assez être viril et tout un tas de choses de ce genre.

Il n'était pas méchant, il n'était pas odieux, il aimait être tranquille, sortir de temps en temps et le reste du temps, il le passait à cuisiner, à regarder des films, qu'ils soient d'actions, d'aventures, d'horreurs, de fin du monde, de capes et d'épées, historiques. Il écoutait également de la bonne musique, il n'aimait pas trop les réseaux sociaux, trouvant cela très superficiel. Bref, c'était la première fois depuis trois ans, qu'il regardait à nouveau une femme et surtout qui ne le laissait pas indifférent.

Il pensait à elle malgré lui, il savait pourtant qu'elle était prise, il avait vu ses réponses lors du questionnaire rempli la première fois, où elle avait mentionné ce fait-là, pourtant, il l'avait ressenti et il en était convaincu, elle n'était pas heureuse en ménage. Il espérait vivement qu'elle n'était pas une femme battue, il ne supporterait pas cette idée, elle avait l'air d'avoir un vécu compliqué et une faible estime d'elle-même. Il tenterait dès lundi de lui faire sentir qu'elle valait le coup et qu'elle n'était pas aussi inintéressante qu'elle le pensait certainement. Mais peut-être était-il complètement dans l'erreur ? Il en aurait le cœur net très vite. En attendant, il partit en cuisine et se concocta un bon petit plat maison, il s'installa devant la télévision et zappa toute la soirée. Il partit se coucher relativement tôt. Le lendemain, une grosse journée de travail l'attendait.

6

Sandy poursuivait son quotidien comme d'habitude, à mille à l'heure, entre ses enfants, sa mère et Ellis. Elle avait hâte d'être à lundi. Elle pressentait que la fin de semaine serait longue à passer. Et contre toute attente, elle reçut un message de Mattei qui disait : *« Bonjour Sandy, j'ai pu m'entretenir avec mes responsables, vous allez pouvoir débuter cet après-midi, est-ce que cela vous convient ? »*

Sandy répondit alors : « *Bonjour Mattei, c'est assez inattendu, je vais essayer de me libérer, je ne promets rien. Mais pourquoi les plans ont-ils changé ? »*

La réponse arriva rapidement : « *Nous avons eu plusieurs désistements et les places qui étaient occupées jusque-là, se sont libérées, vous pouvez donc commencer plus tôt, faites au mieux, mais nous apprécierions vous avoir à nos côtés cet après-midi ! »*

Sandy ne répondit rien, elle alla voir sa mère et lui dit : « Bon, j'ai des choses à faire cet après-midi, ce n'était pas prévu mais je vais devoir m'absenter pour quelques heures, tu pourras gérer les filles le temps que je rentre ?

Naïs : Où comptes-tu aller ?

Sandy : J'ai des choses à faire.

Naïs comprit qu'elle n'obtiendrait pas de réponses, elle n'insista pas.

Sandy la remercia et alla se préparer, elle poursuivit ensuite sa routine auprès de ces dernières. Ellis se trouvait toujours dans sa bulle, il ne se rendait pas compte de ce qu'il se passait avec Sandy. Cette dernière n'en pouvait plus de celui-ci, elle ne ressentait plus aucun attachement. Comment avait-elle pu se retrouver dans cette situation ? Surtout après tout ce qu'elle avait déjà traversé, elle avait la sensation d'avoir régressé. Elle se trainait un poids mort autour du cou et elle ne savait pas comment s'en libérer.

L'après-midi arriva rapidement, elle déjeuna avec sa fille et sa mère, elle était très complice avec sa seconde, qui était adorable. Elle joua un peu avec elle puis la mit au lit pour la sieste de l'après-midi. Et alors qu'elle mettait ses chaussures, elle vit apparaitre Ellis qui lui dit : « Que fais-tu ? »

Sandy ne lui répondit rien. Elle fit comme si de rien était. Elle poursuivit sa quête, ce dernier était parti dans la cuisine, se faire à manger. Naïs était partie dans sa chambre et se reposait. Elle allait sortir mais il l'arrêta : « Où vas-tu ? »

Sandy lui retira sa main de sur son épaule, le regarda et lui dit sur un ton sec : « Je sors, c'est tout. Je n'ai pas de comptes à te rendre, tout comme toi, d'ailleurs, oh mais c'est vrai que c'est déjà ce que tu fais ! Je suis pressée, je dois y aller. »

Ellis montra des signes d'impatience face au refus d'obtempérer de cette dernière et se mit à crier dans sa direction : « J'attends toujours, pourquoi tu ne veux pas me le dire ? »

Sandy souffla un grand coup et lui dit : « Ecoute, je crois que tu n'as pas bien retenu ce que je t'avais dit, c'est toi mon problème Ellis, c'est toi qui ne fait pas ce qu'il faut, c'est toi qui ne change pas, c'est toi qui va te retrouver tout seul bientôt et qui n'a pas l'air d'en prendre conscience. Alors lâche-moi d'accord ? Et ce n'est pas la peine de réveiller la petite car sinon, ce sera à toi de la rendormir, et je doute que tu en es la patience, ni l'envie… »

Ellis semblait agacé, il ne l'écoutait plus, toujours des reproches, toujours des accusations, quoi qu'il fasse ce n'était jamais suffisant. En même temps, pour être tout à fait honnête, il répétait toujours qu'il passerait à l'action mais il ne le faisait jamais, se sentant dépassé, perdu, bloqué et que sais-je encore. Et il sentait que Sandy lui échappait petit à petit et cela l'angoissait totalement. Mais au lieu de se bouger, au lieu d'agir comme il se doit, comme elle l'espérait, il se renfermait encore davantage, aggravant encore la situation avec elle. Décidément, il n'allait pas s'en sortir, mais trop de fierté, d'arrogance et d'égoïsme, l'empêchait certainement de passer vraiment à l'action et de modifier son comportement.

Sandy monta dans sa voiture et se rendit compte qu'elle tremblait. Tout ce qu'elle voulait c'était prendre son indépendance pour être en mesure de vivre décemment avec ses filles et pouvoir quitter cet endroit.

Ce travail était inespéré et elle avait bien l'intention d'y parvenir pour échapper à cette vie dans laquelle elle se sentait embourbée depuis bientôt dix ans.

Elle arriva en peu de temps dans les locaux de l'entreprise, elle rentra et frappa à la porte du bureau de Mattei, ce dernier vint lui ouvrir et lui dit : « Je suis content de vous voir, vous avez pu vous libérer, c'est très bien, nous allons pouvoir commencer immédiatement. Suivez-moi. »

Sandy hocha la tête. Il l'emmena dans une salle avec des ordinateurs, il la laissa s'installer et il lui dit : « Bien, commençons. »

Ils passèrent deux bonnes heures à travailler tous les points essentiels à retenir, Sandy s'efforçait de prendre des notes des éléments les plus importants dans un carnet qu'elle avait ramené. Après ces premiers enseignements, elle se releva et lui dit : « Je vous remercie pour votre accompagnement, est-ce très habituel que vous guidiez vos poulains ? »

Mattei : Cela dépend du poulain. Vous êtes novice dans ce milieu, il m'a semblé que vous auriez besoin de ma présence à vos côtés pour vous épauler dans votre formation, cela vous a-t-il déranger ?

Sandy : Non pas du tout, c'est plus clair. Mais c'était juste une question que je me posais, c'est tout.

Mattei : Très bien, nous allons faire une petite pause d'un quart d'heures. Nous reprendrons ensuite.

Il sortit rapidement de la salle et s'enferma dans son bureau. Sandy ouvrit son téléphone et remarqua plusieurs messages d'Ellis, tous disaient plus ou moins les mêmes choses déjà vus et revus : *« Je suis désolé, je ne contrôle pas mes humeurs, je devrais pourtant faire attention, mais c'est difficile parce qu'à chaque fois que tu me fais la tête, je retombe en dépression, je ne peux pas m'en empêcher. Ce n'est pas facile d'être différent, si je le pouvais, je ne serais pas ainsi. Cependant, tu dois savoir que je t'aime et que je suis perdu sans toi, je ne sais pas où tu es allée, mais les filles te réclament constamment et j'espère vraiment que tu rentreras bientôt. Tu leur manque et tu me manque aussi. »*

Sandy soupirait en lisant les messages, elle ne répondit rien. Elle était lasse, c'était toujours la même chose, elle n'en pouvait plus. Mattei s'en rendit compte, elle referma son téléphone et il lui dit : « Tout va bien ? »

Sandy : Oui, ça va, merci.

Mattei : Ça n'a pas l'air pourtant !

Sandy : C'est juste qu'à la maison, c'est compliqué.

Mattei : Ah je suis désolé, si vous avez besoin, et hors du cadre du travail, vous pourrez m'en parler si vous en ressentez le besoin, j'ai toujours su écouter.

Sandy : Merci beaucoup mais ça ira. J'ai l'habitude de gérer plus ou moins mes problèmes seule.

Mattei : Oui, je sais mais vous n'êtes plus seule. Ici, nous formons une équipe de travail mais d'amis également. Et les amis ou du moins les connaissances peuvent s'apporter du soutien en cas de coups durs.

Sandy hocha la tête. Elle ne répondit rien. Ils se remirent au travail pour une heure et demie supplémentaire. À la fin de la formation, elle se tourna vers ce dernier et lui dit : « Je vous remercie de m'avoir contacté et m'avoir donné ma chance, je ne vous décevrais pas. »

Mattei : J'en suis sûr. Mais n'oubliez pas que vous allez pouvoir continuer depuis chez vous, en tant qu'indépendante.

Sandy semblait déçue, elle appréciait ses quelques heures loin du domicile, cela lui donnait l'impression d'avoir une vie sociale un peu plus épanouie. Il s'en rendit compte et ajouta : « Enfin, vous pourrez être indépendante dans nos bureaux. Tout est possible, vous savez ! »

Sandy lui sourit en coin, il lui toucha le bras et rétorqua : « Je vous sens très loin de moi, que se passe-t-il ? »

Sandy : Rien du tout. Je vous remercie pour votre gentillesse et votre amabilité, mais je dois rentrer. Je suis très attendue.

Mattei : C'est bien, je vous laisse. Il s'effaça et la regarda quitter les bureaux. Elle monta dans sa voiture et démarra sans se retourner. Elle arriva chez elle et partit directement voir ses filles qui lui sautèrent dessus.

Elle entendit la voix d'Ellis lui dire : « Ça y est ? Tu es enfin rentrée ? Où étais-tu ? »

Sandy tenait sa petite dernière dans les bras, l'embrassa longuement et la déposa sur sa chaise haute et partit préparer le repas du soir.

Elle ne prit pas la peine de lui répondre, il repartit dans son coin et on ne le vit plus jusqu'au lendemain.

7

Le soir-même, Sandy envoya un message, sans trop réfléchir à Mattei : « *Bonsoir, je suis désolée pour la façon dont nous nous sommes quittés tout à l'heure. J'apprécie tout ce que vous faites pour m'aider à m'intégrer rapidement au sein de l'équipe, je tâcherai de me montrer digne. Bonne soirée, à demain. Sandy,* »

Mattei ne s'attendait pas à recevoir un message de cette dernière, il le lut et lui répondit : « *Ne vous en faites pas, cela dit, si vous avez besoin de parler, je peux également être une oreille bienveillante, attentive et compatissante. C'est à vous de voir, à demain, Mattei.* »

Sandy renvoya : « *Je vous remercie, je note votre suggestion, si jamais cela se présenter, je n'hésiterais pas. À demain,* »

Mattei sentait son cœur battre fort, il ressentait beaucoup de détresse la concernant, elle agissait aussi normalement que possible, mais il pressentait qu'elle avait un quotidien pesant, cela se voyait à travers sa façon de se comporter et de réagir. Elle avait sans doute l'habitude de tout gérer, ne recevant pas d'aide de son entourage. Il ne répondit rien, il préféra se concentrer sur la manière dont il pourrait lui proposer son aide. Il envisageait toutes les hypothèses possibles. Il passa la soirée et une partie de la nuit à y penser, sans trouver le sommeil.

Sandy avait couché ses filles et surfait sur son téléphone avant de dormir. Elle repensait à sa journée, à Ellis et elle sentait la colère montait encore contre lui. Cela ne finirait donc jamais ? Elle en avait assez...

Elle finit par s'endormir et brancha son téléphone pour la nuit. Le lendemain, elle fut réveillée par sa petite fille qui pleurnichait et qui semblait vouloir descendre du lit. Elle alla la voir et lui fit pleins de bisous, elle lui dit : « Alors mon petit cœur, tu as bien dormi ? Tu as l'air en pleine forme ! »

Et sa fille de lui rendre ses bisous en souriant, elle lui changea la couche, la rhabilla, lui mit ses chaussures et la déposa sur le sol, lui tendit la main et elles partirent dans la cuisine pour préparer le petit-déjeuner. Et c'était ainsi chaque matin. Elles passaient un moment entre mère et fille avant que cette dernière n'aille réveiller sa grande sœur et sa mamie, puis son père. Elle courrait partout et touchait à tout comme tous les bébés de son âge. Sandy s'occupait de sa fille aînée et prit enfin un moment pour manger à son tour. Naïs les rejoignit et les salua, elle aida à préparer la grande et l'emmena ensuite à l'école. Pendant ce temps, après que Sandy terminait de ranger la cuisine et de préparer le repas du midi, sa petite fille se faufilait voir son père pour le réveiller. C'était toujours la même chose, il s'énervait, il lui criait dessus pour qu'elle ne touche pas à ses affaires, cela rendait folle de rage Sandy, elle récupérait toujours sa fille en larmes et cela finissait toujours pas des reproches, des cris et des hurlements. Toujours la même rengaine, aucune amélioration, rien. Sandy désespérait de ce dernier, elle n'avait plus envie de poursuivre ainsi, mais il s'accrochait à elle, refusant d'entendre raison.

Elle passa la matinée avec sa fille et sa mère, à s'en occuper, à préparer le repas, à faire du ménage, à ranger. Arrivé à midi, Ellis sortait enfin pour aller chercher leur fille aînée et il la ramènerait pour la reprise des classes, l'après-midi. Après cela, on n'entendrait plus vraiment parler de lui. Sandy dit à sa mère, juste avant de coucher sa fille pour la sieste : « Je te laisserais la gérer, je vais sortir et d'ailleurs, ce sera la dernière fois où je te le dirais parce que à compter de maintenant, ce sera ainsi chaque jour. »

Naïs ne répondit rien. Elle partit se reposer un peu. Sandy fit de même, le temps d'endormir sa fille. Elle sombra également. Heureusement, elle avait un réveil dans la tête, elle se réveilla seule et se prépara dans le plus grand des silences puis sortit. Elle croisa sa mère qui venait la remplacer. Elle monta dans sa voiture et vit apparaitre Ellis qui s'incrusta et qui lui dit : « Je viens avec toi. »

Sandy soupira, le regarda et lui dit sur un ton sec : « Descends, tu n'iras nulle part avec moi. »

Ellis : Pourquoi ?

Sandy : Tu ne comprends rien ! Je n'irais nulle part avec toi, je te fuis, tu te rends compte ? Hier, tu voulais savoir ce que je faisais, mais tu n'as pas à le savoir et tu sais pourquoi ? Parce que tu fais exactement la même chose depuis neuf ans, et quand je te demande des explications, tu restes évasif, eh bien je fais comme toi maintenant. Alors descends, sinon je vais devoir employer la manière forte. Ne m'oblige pas à en arriver là, descends s'il-te-plait.

Ellis : Et si je refuse ?

Sandy : En fait, tu aimes me faire du mal ! C'est ton passe-temps favori.

Ellis : Je t'aime, comment peux-tu dire ça ?

Sandy : L'amour ça se sent, ça se montre, ça se ressent, ça se vit, ça ne se dit pas. Les paroles s'envolent, les actes restent. Tout comme les écrits d'ailleurs. Quand vas-tu comprendre que je ne supporte plus cette situation, cela fait déjà trop longtemps que cela dure, je n'ai pas que ça à faire de supporter éternellement. J'ai traversé des choses terribles dans ma vie, que je ne souhaite pas à quiconque, à part ceux qui sont responsables de ma misérable existence. Mais tu sais quoi ? À l'heure actuelle, tu n'es pas mieux qu'eux, tu n'as pas embelli ma vie, tu l'as enlaidi et je craque. Tu sais quoi ? Je sors pour changer d'air, je suffoque à la maison à tes côtés, je perds mes moyens, je ne vois aucun changement. Tout ce que je t'ai déjà dit n'a servi à rien, c'est une perte de temps considérable. Je n'ai pas que ça à faire que de te hurler dessus, à quoi bon discuter ? À quoi bon te reparler ?

Ellis : Mais tu m'apportes tellement !

Sandy : Oui, moi je t'apporte et toi que m'apportes-tu depuis tout ce temps ? Je vais te dire, rien du tout. Tu ne m'apportes que de la tristesse, de la déception, de la solitude, de la rancœur, je ne suis pas heureuse avec toi, quand vas-tu le réaliser ? Je vais te dire, tu es super égoïste, à t'accrocher à moi. Ce n'est pas ça l'amour, parce que sache que je ne ressens pas que tu m'aimes. Je t'ai laissé un nombre incalculable de chances, mais je ne sais plus comment faire avec toi, c'est comme avec notre grande, il n'y en a pas un pour rattraper l'autre. La seule différence avec elle, c'est qu'elle est ma fille et qu'au moins c'est plus logique que je m'égosille la concernant. Mais je ne suis rien pour toi, nous ne sommes pas mariés, ni fiancés, je ne suis ni ta sœur, ni ta mère, ni ta cousine, ni rien du tout, je n'ai pas à jouer ce rôle, je ne suis pas censée me rendre malade pour te faire prendre conscience des choses Ellis, je n'en peux plus je suis à bout. Et je vais même aller plus loin, je déteste ton autisme, je n'ai pas honte de le dire, je n'aurais jamais cru que cela pourrait être aussi difficile mais tu refuses de te faire aider, tu refuses de comprendre qu'il m'est insupportable de continuer dans cette lancée, tu refuses d'accepter que je ne veuille pas rester près de toi. Tu t'imposes, tu n'es pas mieux que les deux autres escrocs que j'ai connu avant toi...

Ellis l'avait écouté sans dire un mot, il sortit de la voiture et rentra dans la maison.

Sandy put enfin démarrer et arriva en retard à sa formation. Elle était garée depuis un petit quart d'heure et elle pleurait à chaudes larmes. Mattei l'attendait à l'intérieur, toutefois, il eut la présence d'esprit de sortir pour voir s'il la verrait arriver et c'est là qu'il l'aperçut en train de sangloter au volant de sa voiture, il s'approcha et frappa doucement à la vitre. Elle tourna la tête et le vit, elle ouvrit la porte et il s'approcha : « Que se passe-t-il ? »

Sandy n'arrivait plus à parler. Il lui dit : « Je vais monter dans la voiture, côté passager, d'accord ? Lorsque vous serez prête et plus calme pour me parler, je serais là. »

Sandy ne répondit rien, il fit le tour et s'installa près d'elle. Il ne la regarda pas une seule fois, par pudeur, il ne voulait pas qu'elle se sente mal à l'aise de se montrer aussi vulnérable. Au bout d'un très long moment, elle se calma. Il lui prit la main et constata que celle-ci était glacée. Il retira sa veste et la lui posa sur les épaules. Son parfum se posa alors sur elle et l'enveloppa. Cela faisait bien longtemps qu'on ne s'était pas aussi bien occupé d'elle. Pourquoi n'était-ce pas Ellis ? Pourquoi fallait-il que ce soit un autre ? Pourquoi Ellis n'était-il pas fichu de se comporter correctement ? Pourquoi était-ce trop demander ? Elle était à bout.

Il lui tenait toujours la main, il lui dit sur un ton grave : « Je suis désolé de vous voir ainsi, j'espère que ce n'est pas trop grave… »

Sandy put lui répondre entre deux râlements : « Je suis désolée d'avoir été en retard…Ce n'était pas de mon fait. »

Mattei : Ce n'est pas grave, j'ai compris qu'il se passait quelque chose lorsque je ne vous ai pas vu à l'heure. Jusqu'à présent, vous m'avez prouvé que vous étiez ponctuelle.

Sandy ne dit rien. Elle ressentait de la douceur et de la tendresse de ce dernier. Elle n'avait pas vraiment pris la peine de le regarder. S'interdisant toute approche auprès des autres hommes à cause du père de ses filles. Tant qu'elle n'était pas officiellement séparée, elle ne pourrait pas rencontrer d'autres personnes. En avait-elle seulement envie ? Rien n'était moins sûr. Il lui dit : « Donnez-moi votre autre main que je la réchauffe. »

Elle la lui tendit, il la prit et la serra un moment. Peu à peu, elles devinrent tièdes. Elle le remercia et lui dit : « C'est mon conjoint, je n'en peux plus. »

Mattei : Je ne veux pas être indiscret. Mais que se passe-t-il ?

Sandy : C'est compliqué, je ne sais pas si je peux tout expliquer là.

Mattei : Disons qu'aujourd'hui sera la journée des confidences et que nous nous rattraperons demain pour la formation, ça vous va ?

Sandy ne répondit rien. Puis, elle souffla un coup et finit par lui raconter quasiment toute sa vie, ses deux ex-maris, Ellis, sa mère etc. La raison véritable à la recherche d'un nouvel emploi.

Mattei l'avait écouté sans jugement et sans dire un mot, à la fin elle lui dit : « Voilà, grosso modo ma vie. Je n'aurais jamais cru en dire autant mais j'ai tout de même l'impression d'avoir vécu mille vies en une seule…Je suis désolée pour la longueur de mon récit. Vous allez certainement vous dire que je suis une femme à problèmes, j'en suis navrée… »

Mattei prit la parole aussitôt : « Non, pas du tout, je suis attristé de tout ce que vous m'avez raconté. Je ressentais bien que vous aviez eu un parcours de vie difficile, je ne m'étais pas trompé. Mais je ne pensais pas que c'était à ce point. Quant à votre conjoint actuel, je ne saurais quoi vous répondre, vous êtes plus à même que moi de savoir quoi faire ou non avec lui. Mais sachez que vous me plaisez, je pense à vous depuis notre premier échange, je me ferais une joie de devenir plus qu'amis mais si, pour vous, cela était impossible alors je serais ravi de rester bons amis. »

Sandy : C'est gentil mais il n'existe pas réellement d'amitié entre femmes et hommes. Cela se terminerait probablement en une relation et je ne le peux pas, peut-être un jour mais pour l'instant, c'est impossible.

Mattei : Mais s'il n'était pas là, aurais-je une chance ?

Sandy : Je n'en sais rien. Peut-être. Mais la question n'est pas là, et je ne peux pas être sûre et certaine car la situation n'est pas celle que vous demandez.

Mattei : Je comprends.

Sandy : Je préfère stopper notre collaboration. Je suis désolée.

Mattei : Mais pourquoi ? C'est à cause de ce que je vous ai dit ?

Sandy : Oui et non. Je ne pourrais pas me lancer dans une nouvelle relation, ni avec vous, ni avec un autre tant que je serais avec lui. C'est ainsi, je ne le peux pas. Je ne suis pas une salope. J'ai été cocu et je sais ce que cela fait. Et je ne peux pas le faire subir à d'autres. Même si je ne suis pas heureuse avec lui. C'est peut-être bête mais c'est comme ça. Et si finalement, je parvenais à me séparer de lui, je ne crois pas avoir envie de me remettre avec un homme. Je n'ai jamais pris le temps nécessaire pour moi et j'ai très envie de me prioriser. Et en plus, je suis certaine que cela pourrait être un élément déclencheur auprès de ma fille aînée, peut-être se calmerait-elle davantage ?

Mattei : Mais pourrons-nous garder le contact ? Pourrons-nous nous revoir ?

Sandy : Je ne crois pas que cela soit une bonne idée. Je suis désolée.

Mattei : Il n'y a aucune chance que vous changiez d'avis ?

Sandy : Non, je préfère en rester là. Je vous remercie pour tout ce que vous avez fait pour moi. Pour la formation, pour l'écoute. Mais, je ne suis pas celle qu'il vous faut.

Mattei : Moi je pense que si, mais c'est à vous de voir. Je respecte votre choix même s'il me fait mal. Bonne continuation.

Il descendit de la voiture et retourna à son bureau, il s'enferma et n'en sortit plus jusqu'à ce que ce soit l'heure de rentrer chez lui. Il donna sa démission par courriel et broya du noir tous les jours qui suivirent.

Sandy, quant à elle, démarra et conduit un temps sans trop savoir où elle allait, elle se gara finalement près d'un parc pour enfants et se mit en quête d'un nouveau travail.

8

Alors qu'elle cherchait activement, elle reçut un message de Mattei : *« C'est pour vous dire que je suis tellement malheureux que j'ai démissionné et que je vais faire une grosse bêtise, vous n'entendrez plus parler de moi... »*

Sandy, choquée lui répondit alors : *« D'accord, faites ce que vous voulez, mais sachez qu'il n'y a que les faibles qui mettent fin à leur jour pour une fille qu'ils ne connaissent que peu. Nous n'étions que des inconnus, ce n'est pas parce que je vous ai conté un peu de ma vie, que ça y est, il faut en arriver là ! Si vous passez à l'acte, c'est que vous aviez plus de problèmes que moi, c'est que vous devez vous faire aider, maintenant, je vous prierais de me laisser tranquille, je vais devoir bloquer votre numéro. »*

Mattei rétorqua alors : « *Jamais je n'aurais cru que vous réagiriez ainsi, je pensais plutôt que vous me diriez de ne pas le faire pour ne pas vous perdre. Je me suis bien trompé... »*

Sandy soupira et lui répondit pour la dernière fois : « *Je vous ai dit que je ne pouvais plus vous voir après votre déclaration, je n'ai pas besoin d'un amant, j'ai besoin d'un travail et d'être indépendante. J'en ai assez avec mon conjoint, inutile d'ajouter des problèmes à ceux que je rencontre déjà. Si vous ne voulez pas le comprendre, alors tant pis. J'ai été claire avec vous et je ne vous ai jamais demandé de vous intéresser à moi comme ça et je ne vous ai encore moins laisser penser à une quelconque possibilité. Donc laissez-moi tranquille, si vous vous suicidez, j'en serais navrée mais cela voudra dire que vous aviez de sérieux problèmes, lorsqu'une fille vous rejette, vous faites des menaces similaires ? Pas étonnant que vous soyez célibataire, je déteste que l'on me mette la pression, je hais les hommes et même les femmes d'ailleurs qui veulent m'obliger à quelque chose que je n'ai pas décidé ou que je refuse. Je vous conseille de réfléchir avant de commettre un acte irréfléchi. Bonne continuation, Sandy. Ps : Inutile de me répondre, je bloque votre numéro. »*

Elle envoya et le bloqua dans la foulée, elle n'avait vraiment pas besoin d'un type suicidaire dans sa vie. Ni d'un amoureux, ni d'un complice, ni de rien du tout. La seule chose qu'elle recherchait c'était un travail qui lui permettrait de prendre son indépendance. Pouvoir enfin vivre librement et le plus pleinement possible.

Elle regarda l'heure, il était déjà tard, elle prit le chemin de la maison et rencontra Ellis sur le bord de la route, l'air absent. Elle n'avait pas envie de le voir mais elle s'arrêta quand même et ouvrit la fenêtre dans sa direction, elle lui dit : « Hé Ellis, que fais-tu là ? »

Il ne l'entendit pas ou fit-il semblant, elle n'en savait rien. En tout cas, le résultat était le même, il ne lui répondit rien. Elle insista : « Monte dans la voiture, nous allons parler… »

Ellis tourna sa tête de l'autre côté et l'ignora. Il fit un pas en arrière et manqua de se faire renverser par une voiture qui arrivait à toute allure, alors qu'elle ne devrait pas dépasser les trente kilomètres par heure. Ils se trouvaient en plein centre-ville. Ellis fut à peine effleurer. Sandy qui assistait à la scène sortit de sa voiture et hurla sur le conducteur, un sale type alcoolisé qui la repoussa violemment contre le sol. Ellis l'empoigna et lui régla son compte, personne n'avait le droit de s'en prendre à la femme qu'il aime. Enfin, c'est ce qu'aurait aimé voir Sandy, mais ce dernier n'avait pas bougé de sa place. Il poursuivit sa route jusqu'à leur maison. Il s'enferma dans sa chambre et ne parla à plus personne, comme toujours. Sandy remonta dans sa voiture et ne rentra que tard le soir, elle retrouva ses filles couchées. Naïs vint la voir et lui hurla dessus : « C'est maintenant que tu rentres ? Je peux savoir où tu étais ? »

Sandy : Non maman tu n'as pas à le savoir, j'ai passé l'âge de rendre des comptes. En plus, c'est la première fois que je rentre aussi tard, j'ai eu une très mauvaise journée…

Naïs : Tes filles t'ont réclamé toute la soirée, tu n'as pas idée combien c'était difficile, je suis épuisée, à mon âge…

Sandy : Je suis désolée, je ne pouvais pas rentrer. Cela ne se reproduira plus, maintenant si tu veux les réveiller, continue à hurler comme ça et même les voisins viendront voir ce qu'il se passe.

Naïs leva les yeux au ciel, l'air exaspéré. Elle repartit en marmonnant des choses inaudibles et laissa Sandy épuisée.

Le lendemain, elle fut réveillée par sa petite dernière qui avait trouvé le moyen de sortir de son lit et qui l'avait rejoint dans son grand lit. Elle dormait à poing fermé près d'elle, et ce n'est que vers 8h30 que Sandy s'en rendit compte. Elle se leva aussi doucement que possible, partit se laver, s'habiller et préparer le petit-déjeuner.

Son bébé ne tarda pas à la rejoindre en la réclamant. Elle la prit dans les bras et l'embrassa longuement, elle lui dit : « Je suis désolée ma chérie, maman était absente hier soir, cela ne se reproduira plus, tu m'as manqué beaucoup ! »

Sa fille de lui répondre par des « mamas, mamas » et des milliers de bisous. C'était adorable ! Elles furent rejoint par la sœur ainée qui dit à sa mère : « Maman, tu es rentrée, tu nous as manqués hier, j'ai cru que tu ne reviendrais plus à cause de mon mauvais comportement ! »

Sandy : J'y ai pensé mais je ne pouvais pas vous abandonner comme ça. Par contre, change de comportement, car je n'en peux plus.

Sa fille hocha la tête et s'approcha pour lui faire un câlin. Elles petits-déjeunèrent ensembles et partirent jouer dans la salle de jeux. Sandy resta seule et se mit à préparer le déjeuner. Elle s'étonna de ne pas voir sa mère, elle alla la trouver et lui dit : « Maman, tu dors ? »

Naïs : Non.

Sandy : Pourquoi tu ne t'es pas levé ?

Naïs : Parce que je suis fatiguée, j'ai passé une mauvaise nuit.

Sandy : Bon, je te laisse tranquille.

Naïs : Dis-moi ce que tu fais ces derniers temps dehors ?

Sandy : Je cherche du travail.

Naïs : Quel genre de travail ?

Sandy : Quand je l'aurais trouvé, je te le dirais…

Naïs n'insista pas. Elle finit par se lever et dit à sa fille qui se trouvait dans la cuisine : « Ellis est au courant ? »

Sandy tourna sa tête de droite et de gauche. Elle ajouta : « Ne lui en parle pas. »

Ellis se trouvait à proximité et aucune des deux ne s'en étaient aperçus, elles sursautèrent lorsqu'elles l'entendirent répondre : « Maintenant je suis au courant. Pourquoi ne voulais-tu pas que je le sache Sandy ? »

Celle-ci était dépitée et lui répondit finalement : « Ah maintenant, tu daignes me parler ? C'est trop tard, surtout après ce qu'il s'est passé hier… »

Ellis : Je sais, j'ai merdé encore une fois, mais je me sentais très bizarre, j'ai tourné dans ma tête tous tes reproches avant que tu partes et j'en ai eu une conclusion terrible qui était que je ne servais à rien, j'ai réalisé que je ne t'apportais rien du tout, que j'étais inutile, un boulet, un moins que rien, une nullité. Bref, tu as raison, je me laisse aller mais je n'ai jamais vécu autant de galères que depuis que je suis ici avec toi, avant ma vie était, me semblait-il, difficile mais à tes côtés, ça n'a fait que s'aggraver. Je n'étais pas prêt et au vu de ma différence, j'ai du mal à me contrôler, je dois me faire aider, mais c'est dur de se le dire et de passer à la pratique car j'aurai tellement préféré être capable de gérer tout par moi-même. Je suis désolé de n'avoir pas été à la hauteur, je te promets que je vais changer.

Sandy : Oui, tu sais tout ça, tu me l'as déjà dit et répété un milliers de fois, il ne suffit pas de le dire, il faut le faire, il faut passer à l'action. Je ne vois rien se passer, je ne te vois pas en train d'évoluer. C'est bien facile de parler. Comme on dit : « Les promesses rendent les enfants joyeux » mais moi j'en ai assez de tes promesses, tu ne les tiens jamais, tu n'en es pas capable et tu ne fais rien, absolument rien pour passer à l'action, pourtant, ce n'est pas faute de t'avoir dit quoi faire, quoi dire, comment le dire ou le faire. Je désespère de toi, tu comprends ? Pourquoi faut-il que je me mette dans des états pareils pour que monsieur réalise que ce n'est plus possible de continuer ainsi, pourquoi dois-je me mettre dans tous mes états pour que tu prennes conscience de la situation ? Parce que figure-toi que cela me ronge autant physiquement, que mentalement et qu'émotionnellement. Je suis à ramasser à la petite cuillère ensuite. Et ce n'est pas toi qui m'aide à me relever, non c'est certain. Je suis fatiguée alors laissez-moi m'occuper du repas.

Ellis : Je suis désolé, tu as raison, je suis un égoïste qui ne pense qu'à lui et je ne me doutais pas que de t'énerver, te pompait toute ton énergie. Mais c'est vrai que cela arrive presque chaque jour et parfois plusieurs fois par jour.

Sandy : Je vais te dire une chose que je t'ai déjà dit : dès que les affaires de succession de l'autre Arif seront réglées, je doute fortement et de plus en plus que tu en bénéficies, je pourrais enfin déménager avec mes filles et toi tu ne seras pas avec nous pour en profiter. Je t'avais donné un ultimatum il y a peu, tu ne l'as pas pris en considération, tant pis pour toi. Des chances, je t'en ai laissé depuis le début, tu ne les as peut-être pas considérer comme telles et pourtant c'en étaient.

Ellis : Je vais me reprendre, je te le promets.

Sandy ne répondit plus rien, tous ces discours, elle en avait eu un nombre incalculable avec lui, qui se terminait toujours de la même façon. Cela ne servait à rien de continuer, elle préférait se concentrer sur des éléments qu'elle maitrisait.

Il la laissa et retourna à ses occupations. Le week-end passa aussi lentement que vite. C'était très étrange. Le lundi matin, elle reçut l'appel du directeur de formation où travaillait Mattei et celui-ci lui dit : « Pourriez-vous venir nous voir Sandy ? »

Sandy : Oui bien entendu, que se passe-t-il ?

Le directeur se nommait Alexy et lui dit : « Je suis le directeur de la société, nous avons appris la démission de Mattei, votre parrain, nous voudrions savoir quelles ont été les raisons et nous supposons que vous avez des explications à nous communiquer. »

Sandy : D'accord, je fais au plus vite.

Elle raccrocha rapidement et se prépara, elle n'avait pas l'habitude de s'absenter le matin mais là, c'était particulier. Elle alla voir sa mère et lui dit : « Bon, je dois sortir maintenant, je ferais vite. À tout à l'heure. »

Naïs n'eut pas le temps de répondre que sa fille se trouvait déjà dans sa voiture et qu'elle quittait le domicile.

9

Elle arriva rapidement et se dirigea vers les bureaux. Alexy l'attendait à l'entrée. Il lui dit : « Bonjour Sandy, je vous remercie d'être venue aussi rapidement, suivez-moi. »

Elle hocha la tête et rentra dans son bureau, là elle aperçut Mattei. Celui-ci lui dit : « J'ai écouté ce que tu m'as écrit. »

Sandy ne comprenait pas ce qu'il faisait là. Ni ce qu'il venait faire ici. Elle s'assit et attendit. Mattei dit à Alexy : « Vous comprenez ce que je vous avais dit ? »

Alexy ne répondit rien. Il fixait cette dernière longuement, au point qu'elle eut besoin de baisser les yeux. Il finit par lui dire : « Je vous ai fait venir sur la demande de Mattei, ci-présent. J'espère que vous n'y voyez pas d'inconvénients ? »

Sandy : Non, enfin si, cela me dérange. Pourriez-vous le faire sortir s'il-vous-plait ?

Alexy : Très bien, Mattei sortez.

Mattei : Mais enfin, pourquoi ?

Alexy : Sortez immédiatement, je vous prie.

Mattei se leva et brandit le poing vers ce dernier et vers Sandy, puis il sortit en claquant la porte.

Alexy : Je rêve où il a levé son poing dans nos deux directions ?

Sandy : Non monsieur, vous ne rêvez pas.

Alexy : Eh bien, nous règlerons cela plus tard. Je vous ai donc fait venir pour vous réclamer les raisons qui l'ont poussé à demander sa démission.

Sandy lui expliqua rapidement sa situation personnelle, sans rentrer dans les détails, puis elle lui raconta sa rencontre avec ce dernier et comment, il semblait s'être attaché à elle et tous les messages qu'il lui avait envoyé et ce qu'elle lui avait répondu. Elle finit par lui dire : « Je suis vraiment désolée que vous ayez perdu un bon élément mais comprenez-moi également, je ne pouvais pas continuer comme si de rien était. »

Alexy avait écouté sans dire un mot, il hochait parfois la tête parfois il notait des choses sur la feuille devant lui. Il finit par lui dire : « Mattei a posé sa démission mais il a également déposé plainte contre vous, c'est la raison pour laquelle j'ai souhaité vous rencontrer. »

Sandy tombait des nues, elle lui dit : « Hein, mais pourquoi ? »

Alexy : Il semble qu'il soit perturbé, j'ai fait ma petite enquête et sa dernière relation s'est terminée parce qu'il devenait trop possessif, trop violent et jaloux. Il exerce à nos côtés depuis trois ans et tout allait bien, hormis quelques petits accrochages avec d'autres femmes. Etonnamment, il ne se heurte à aucun problème avec les hommes. Qu'avez-vous à répondre à cela ?

Sandy : Ecoutez monsieur, je vous ai expliqué tout ce qu'il s'était passé avec lui. J'ai été claire et concise, je suis allée droit au but, peut-être même un peu trop mais je préfère y aller carrément plutôt que de laisser espérer quoi que ce soit. La seule chose que je souhaitais était de trouver un travail pour retrouver ma liberté avec mes filles.

Alexy : Quels âges ont-elles ?

Sandy : Mon aînée aura bientôt huit ans et ma seconde a dix-huit mois.

Alexy : Oui, c'est bien, elles ont un bel écart d'âge, ce n'est pas trop difficile au quotidien ?

Sandy : Oui et non, cela dépend des jours.

Alexy : Je vois. Bon, concernant Mattei, j'ai une proposition à vous faire.

Sandy : Je vous écoute.

Alexy : Je vous propose un poste d'assistante de direction, vous apprendrez à mes côtés et vous serez d'ailleurs mieux rémunérer qu'en tant qu'indépendante. Les horaires seront identiques, vous travaillerez de 9h à 12h30 et de 14h30 à 18h. Vous aurez votre mercredi ainsi que vos week-ends. Et s'il le faut, vous aurez également les vacances, enfin vous pourrez travailler en télétravail.

Vous ne le verrez pas car je ne travaille pas ici, j'ai un bureau mais le siège principal n'est pas là. Ainsi, vous ne le croiserez plus. Et vous pourrez devenir amie avec ma secrétaire, qui s'appelle Annie. Qu'en dites-vous ?

Sandy : Je ne sais pas quoi dire, c'est une très belle proposition.

Alexy : Ne tardez pas à prendre votre décision. Votre situation m'a interpelé et je voudrais vous aider, vous ne m'avez pas l'air d'être une manipulatrice ou une menteuse. Mattei a d'ores et déjà perdu son emploi et ne sera pas mis au courant de notre accord. Tout est confidentiel, rassurez-vous.

Sandy : D'accord, j'accepte. Vraiment, merci beaucoup ! Je ferais tout pour me montrer digne de ce nouveau travail.

Alexy : C'est entendu, Sandy.

Il se leva et lui tendit la main pour qu'elle la lui serre.

Il lui dit : « À présent, je vais appeler Mattei et lui annoncer que j'accepte sa démission. »

Sandy hocha la tête.

Alexy fit rentrer ce dernier qui s'assit à côté d'elle. Il la regardait longuement et lui dit devant son patron : « Comme tu es belle ! »

Sandy faisait semblant de ne pas entendre, cela le mit dans une colère noire, il se leva d'un bond et s'approcha d'elle comme une furie, il lui dit : « Petite pute, je t'ai dit que tu étais belle, alors tu vas répondre ! »

Alexy s'avança vers lui et l'attrapa par le col de sa chemise, le colla contre le mur et lui dit : « Sale con, ta démission est acceptée, tu vas pouvoir aller pointer à Pôle emploi dès demain, excuse-toi auprès d'elle avant que tu déguerpisses rapidement d'ici et pour toujours ! »

Mattei se dégagea de celui-ci et hurla vers Sandy : « Je sais que tu n'es pas heureuse avec ton mec, c'est moi qu'il te faut ! Tu t'en rendras compte. Je t'attendrais le temps qu'il faudra. »

Alexy le mit dehors et demanda aux vigiles de lui faire passer un message clair : « Dégage de là et oublie-là, sinon tu passeras un sale quart d'heures, pauvre malade. »

Sandy avait sorti son téléphone et découvrait un message d'Ellis. Elle le rangea rapidement en attendant. Alexy vint s'asseoir en face d'elle, prit un peu d'eau et lui dit : « Je ne me doutais pas à quel point il était instable, cela devait être assez malaisant de travailler à ses côtés. »

Sandy : Je suis désolée de vous avoir causé autant de problèmes.

Alexy : Non, vous n'êtes pas responsable. Il m'avait dit beaucoup de choses à votre propos, des détails physiques, des mimiques que vous aviez, je trouvais que ce n'était pas normal qu'il en sache autant en si peu de temps. Je comprends mieux pourquoi maintenant. Il faut vraiment se méfier de tout le monde aujourd'hui.

Puis, il lui montra son alliance et lui dit : « Ne vous en faites pas, je suis marié et heureux en ménage, vous ne risquerez rien avec moi. »

Sandy lui sourit en guise de réponse. Elle lui dit : « Avez-vous d'autres choses à me dire ? »

Alexy : Vous semblez pressée ?

Sandy : Oui, je suis attendue chez moi. Habituellement, je garde ma fille le matin.

Alexy : Vous savez qu'il va falloir que cela change très bientôt ?

Sandy : Oui, je sais. Mais ce laps de temps me laissera la possibilité de les prévenir de mon nouvel emploi du temps.

Alexy : Je comprends, vous savez mes enfants sont déjà grands comparé aux vôtres. J'ai oublié ce que c'était. Je vous laisse rentrer chez vous, nous nous verrons jeudi à 9 heures. Tenez les documents, signez-les que je mette tout en ordre.

Sandy : Puis-je vous demander ce qui vous a donné envie de m'aider ?

Alexy : Oui, je vais vous le dire. Je viens d'un milieu difficile, ma mère était alcoolique et mon père passait son temps en prison. C'était un dealer, j'ai grandi de familles d'accueils en familles d'accueils et j'ai été entrainé par des gens mauvais à suivre les mêmes traces que mes parents. Et j'ai bien failli tomber dans les mêmes travers, j'ai été sauvé par un homme qui m'a tendu la main comme je le fais avec vous aujourd'hui et grâce à lui et à sa générosité, j'ai pu couper les ponts avec mes mauvaises fréquentations, me ressaisir et évoluer positivement. Parfois, il suffit d'un geste, d'un sourire ou d'une main tendue pour que les choses s'éclairent sur notre chemin. Je ressens chez vous beaucoup de vécu, comme moi avant et j'ai envie de vous aider comme on l'a fait pour moi. Je sais que je ne serais pas déçu, je compte sur vous pour être à l'heure jeudi à 9 heures.

Sandy le remercia longuement, elle était touchée. Elle quitta son bureau et retourna à sa voiture. Elle rouvrit le message d'Ellis qui disait : *« Je sortais pour faire quelques courses et un fou furieux m'a sauté dessus me disant que tu m'avais trompé avec lui, puisque c'est ainsi, entre toi et moi, c'est terminé ! Tu as gagné, tu voulais ça depuis longtemps, tu l'as obtenu… »*

Mattei avait encore frappé, elle retourna au bureau d'Alexy et elle l'entendu dire : « Oui c'est bon, elle est tombée dans le panneau, pauvre crédule. Je vais pouvoir la manipuler comme je veux, elle a signé les papiers. Oh non merde, elle les as gardés sans me les signer, la garce ! Ce n'est pas grave, je les lui demanderais jeudi… Elle n'hésitera pas à les signer devant moi. Cela sera bientôt terminé entre elle et son connard Ellis. Ils n'avaient qu'à pas se rencontrer… »

Sandy comprit sur le champs qu'ils avaient été envoyé par Arif qui se trouvait dans l'autre monde. Le salopard en connaissait du monde, il était évident qu'outre-tombe, le pourri continuait à lui porter préjudice. Et il semblait qu'il était sur le point d'y arriver. Elle sortit en trombe de l'immeuble et tomba nez à nez avec Mattei. Ce dernier lui dit : « Alors comme ça, tu ne m'aimes pas ? »

Sandy : Laissez-moi tranquille.

Mattei : Non, trop tard, j'ai fait la peau à ton mec, je lui ai dit que l'on avait couché ensemble. Maintenant, on va vraiment passer à l'acte.

Sandy sortit de son sac à main, sa bombe au poivre et lui en aspergea plein les yeux, puis elle le poussa et monta vite dans sa voiture, démarra et partit.

10

Elle rentra rapidement chez elle et elle fonça vers la chambre d'Ellis. Celui-ci venait de partir, il avait emporté le maximum d'affaires. Elle dit à sa mère : « Où est-il parti ? »

Naïs : Tu es contente ? C'est ce que tu voulais, non ?

Sandy : Réponds ! Je n'ai pas le temps pour tes sermons, tu n'es au courant de rien, alors c'est bon.

Naïs : Il est partit à la gare.

Sandy retourna à sa voiture et partit directement à destination. Elle le retrouva en train de prendre un billet de train à la borne. Elle se gara rapidement et le rejoignit. Elle lui dit : « Attends Ellis, je dois te parler urgemment ! C'est un coup monté d'Arif, il m'a mis ses deux connards sur la route, je ne sais pas comment il savait que je chercherais du travail mais sa mission a réussie. »

Ellis n'avait rien entendu, il retira ses écouteurs l'air dépité de la voir là, il lui dit finalement : « Que veux-tu sale garce ? »

Sandy lui mit une claque et lui dit : « Tu n'es qu'un connard, je me demande pourquoi je me suis empressée de venir te trouver, de toute façon, tu n'as rien fait pour éviter toute cette histoire, c'est à cause de ton comportement et de tes réflexions déplacées, de tes colères et de tout le reste que j'ai ressenti le besoin de devenir indépendante, de me trouver un travail et je ne sais pas comment Arif le savait, il a fait en sorte que je rencontre ces deux salopards que j'ai croisé et dont l'un d'eux t'a parlé pour te raconter des mensonges. La preuve regarde ! »

Elle lui montrait les messages supprimés de sa conversation avec Mattei qu'elle avait bloqué, où elle lui expliquait qu'elle n'allait pas bien mais qu'elle ne pourrait pas non plus sortir avec lui ni qui que ce soit d'autres. Ellis prit le téléphone et lut toute la conversation, il finit par le lui rendre et lui dit : « Cela ne change rien, tu as raconté toute notre vie à de parfaits inconnus, tu ne mérites plus ma confiance ! »

Sandy : Non mais tu plaisantes là ? Je te rappelle que c'est toi qui m'a obligé à parler avec d'autres types, parce que tu n'es pas fichu de le faire toi-même, voilà à quoi j'en suis réduite pauvre naze. Tu me dégoûtes, tu sais quoi ? Tu veux partir ? Eh bien vas-y ! Par contre, ne reviens jamais ! Tu as compris ? Ne reviens jamais, tu ne me trouveras pas de toute façon. Une fois dans ton train, ce sera enfin terminé, allez bon vent !

Ellis : Ouais ouais c'est ça. Allez salut !

Il campait sur ses positions, ce qu'il pouvait être stupide et borné quand il s'y mettait. Intérieurement, il avait envie de lui dire qu'il était soulagé de connaitre la vérité, qu'il espérait retourner à la maison avec elle mais il se comportait différemment et passait pour un connard, encore une fois. Il maintint son cap et monta dans le train, il retourna chez ses parents, en Bretagne.

Il regretta instantanément ses actions, mais il le savait, ce serait trop tard pour faire machine arrière avec Sandy, il était allé trop loin. Il s'en mordait les doigts, pourquoi avait-il fallu qu'il laisse sa fierté prendre le dessus ? C'était stupide, il s'en rendait compte.

Sandy était rentrée chez elle et raconta à sa mère tout ce qu'il s'était passé, cette dernière lui dit : « Je suis désolée, même mort Arif continue de nous nuire. »

Sandy : Je n'irais pas jeudi, je vais tout faire pour les démasquer, je ne peux pas les laisser agir en toute impunité. Je n'ai pas envie de retomber dans les mêmes travers qu'avant.

Naïs : Et que vas-tu faire avec Ellis ?

Sandy : Rien du tout, il a fait son choix et m'a traité de garce, il n'a rien compris. Je l'avais prévenu, s'il montait dans ce train, ce serait définitivement terminé. Et c'est le cas.

Naïs : Est-ce qu'il te manque ?

Sandy : Non, c'est sûr que cela fait vide sans lui mais c'était son choix. J'ai été honnête avec lui, envers lui et avec ces deux types et s'il ne veut pas l'entendre, c'est qu'il n'en valait finalement vraiment pas le coup. Je n'ai plus la force de me battre pour un pauvre type incapable de se raisonner. Ma priorité actuelle va être de me débarrasser des deux zigotos.

Naïs : Et Mattei a tenté de te violer ?

Sandy : Oui, on reconnait les méthodes, n'est-ce pas ?

Naïs : Effectivement. Pourquoi ne m'en as-tu pas parlé avant ? J'aurais pu t'aider.

Sandy : Je ne vois pas ce que tu aurais pu faire de plus, Ellis m'a mise dans cette situation, maintenant, il n'est plus là pour m'aider à en sortir, alors je vais devoir me débrouiller seule.

Naïs : Tu n'as pas peur ?

Sandy : Non, dieu est avec moi. Je prierais pour qu'il m'aide à m'en sortir, toi aussi ?

Naïs : Comme toujours. Courage. En attendant, évitons d'en parler aux filles, cela risquerait de les choquer et ce n'est vraiment pas le moment.

Sandy : Bien sûr, si elles demandent, on dira qu'il est parti dans sa famille comme d'habitude. D'ailleurs, je suis persuadée qu'il y est. Il n'a pas d'autre endroit où aller.

Naïs : Il n'a pas cherché à te joindre ?

Sandy : Non. Et s'il le faisait, je ne lui répondrais pas. J'en ai marre de ce mec, il n'a fait que s'appuyer sur moi, que compter sur moi mais lorsque j'avais besoin de lui, il n'était jamais présent. J'ai tout géré intégralement pour nous mais aussi pour la grande, pour la maison, pour tout. Non c'est bon. J'ai assez donné. Des promesses, toujours des promesses, mais jamais de passage à l'action. Je ne suis pas aussi stupide que ce qu'il pensait.

Naïs : Tu crois qu'Arif savait que tu le rencontrerais et c'est pour cela qu'il t'a mis dans les pattes ces deux-là ?

Sandy : Possible, je n'en sais rien. Mais venant de lui, tout est envisageable. Je suis fatiguée de ces bêtises, je te jure.

Naïs : Que mange-t-on ce soir ?

Sandy : J'ai la flemme de cuisiner, je vais commander des pizzas.

Naïs : D'accord.

Sandy hocha la tête. Et regarda sur son téléphone pour passer commande. C'était très rare quand elle s'y employait, là était l'exception. Elle lui dit : « Bon c'est fait, le livreur arrivera d'ici une petite demi-heure. »

Naïs : Super, j'ai faim. On va se régaler.

Sandy : Oui. Je vais me poser sur le canapé un petit peu. Où sont les filles ?

Naïs : Elles jouent dans la salle de jeux.

Sandy hocha la tête. Elle s'affala et alluma la télévision.

11

Elle se perdait dans les images qu'elle avait sous les yeux, elle n'écoutait pas, elle tentait de se vider la tête. Elle entendit son téléphone sonnait, c'était le livreur. Elle sortit pour prendre la commande mais arrivée devant le portail, elle entendit des voix connues, elle allait faire demi-tour mais l'une d'elle lui dit : « Non, reviens là, sinon on te fait la peau devant ta mère et tes filles, tu vas gentiment nous suivre et faire ce que l'on te demandera. »

Sandy : Bon sang, mais qui vous envoie ?

L'autre voix lui dit : « Tu le sais très bien, petite salope ! »

Sandy : C'est Arif, bien sûr.

Puis tout à coup, elle l'entendit lui. Son sang se glaça sur place, comment pouvait-il être encore en vie. Elle crut à une blague, elle lui dit : « C'est impossible, tu es mort ! »

Elle entendit : « Ouvre tout de suite la porte et tu verras si je suis mort, Ya kahba. »

Sandy : Je vais appeler la police. Elle composa le numéro et dit au policier : « Bonjour, je m'appelle Sandy Ghiles et je vis rue Maurice Ravel, je voudrais que vous veniez en urgence, je suis harcelée par des types que j'ai rencontré dans le cadre de ma recherche de travail, je pensais que ma commande de pizzas était arrivée mais c'est eux qui sont devant chez moi et qui me menacent. »

Le policier lui répondit : « Très bien, nous allons venir patrouiller chez vous, mes collègues seront là d'ici quelques minutes. »

Sandy le remercia et raccrocha. Elle retourna à l'intérieur et raconta à sa mère ce qui venait de se passer, celle-ci demeurait stupéfaite par l'incident avec Arif, comment était-ce possible ? Elle vivait un cauchemar éveillée.

Sandy ressortit et attendit, en vain. Personne ne vint. Elle n'ouvrit pas le portail et ne sortit plus de chez elle pendant plusieurs semaines. Heureusement que c'était les vacances scolaires, elle s'occupa de ses filles avec sa mère. Un jour, elle reçut un message d'Ellis, elle allait le supprimer mais une voix intérieure l'en empêcha, elle l'ouvrit et lut : *« Salut, je t'écris pour te dire que j'ai regretté sur le champs d'être monté dans ce train, je n'aurais jamais dû laisser la colère m'envahir et la suspicion également. J'ai un très mauvais caractère, je suis impatient, je n'aime pas quand les choses ne se passent pas comme je les avais pensés, je ne sais pas me contrôler, je venais de me confronter avec ce connard et même si tu m'avais apporté les preuves de ton innocence, j'ai préféré me relâcher plutôt que de prendre sur moi. C'est bien ce que tu me reproches depuis des années et je prends seulement conscience maintenant que j'ai tout gâché. Les filles me manquent, toi aussi et même ta mère. Je regrette de t'avoir perdu, j'espère que tu me pardonneras, j'ai l'intention de rentrer demain et j'ai l'espoir de te trouver sur le quai à m'attendre, si ce n'était pas le cas, cela ne serait pas grave, je comprendrais. Sache que j'ai beaucoup réfléchi et que j'ai pris contact avec des gens pour me faire aider. Je t'aime, à demain, Ellis.* »

Elle dut relire le message plusieurs fois, elle finit par éteindre son téléphone. Elle ne voulait pas y croire, trop de fois, il lui avait dit la même chose et n'avait finalement rien fait, arrêtant avant d'avoir vraiment commencer.

Elle prévint sa mère qui lui dit : « Tu vas y aller ? »

Sandy : Non, je ne voudrais pas me retrouver en face des autres.

Naïs : Tu ne vas pas le mettre au courant ?

Sandy : Je ne sais pas. Je n'avais pas envisagé de le prévenir.

Naïs : Ce serait peut-être plus prudent, non ? Es-tu contente de le revoir ?

Sandy : Je n'en sais rien.

Naïs : Les filles le seront sans doute, nous leur ferons la surprise jusqu'au bout.

Sandy : Oui, c'est mieux.

Naïs : Ecris-lui pour le prévenir, ainsi il fera peut-être plus attention. On ne sait jamais.

Sandy haussa les épaules. Elle laissa sa mère et partit dans sa chambre, elle s'assit sur son lit et rouvrit ses messages, elle lui écrit : « *Je ne sais pas quoi te dire à ton sujet, ce que je peux te dire, en revanche, c'est que les deux autres et Arif (?) sont revenus à la charge, je suis certaine qu'ils veulent m'enlever, alors sois prudent à ton retour. Je dis ça pour les filles, tu leur a manqué.* »

Puis, elle se mit en quête de faire des recherches sur Mattei et Alexy sur internet. Et ce qu'elle découvrit la laissa sans voix, elle prit de quoi noter et gribouilla quelques observations dessus. Elle se mit à trembler et elle se recroquevilla contre le mur près du lit. Des larmes montèrent sans qu'elle ne puisse les contrôler. Elle sursauta lorsque sa mère vint la voir, cette dernière lui dit : « Mais enfin que t'arrive-t-il ? »

Sandy lui répondit par un geste de la main, Naïs trouva alors les notes, les lut et se sentit mal. Elle la regarda apeurée et lui dit : « Qu'est-ce que tu vas faire ? »

Sandy : Je n'en sais rien. Ils ne me laisseront jamais tranquille. Tout recommence avec eux.

Naïs : Je suis avec toi, Dieu l'est également, n'oublie pas de le prier, il t'aidera.

Sandy ne répondit rien. Sur la feuille était indiqué que Arif était bien mort mais que son frère qui était censé être mort-né était en fait bien vivant et il se trouvait sur le territoire, non loin d'elle. Et Mattei et Alexy étaient en fait des informateurs venus directement du bled pour la faire tomber dans le panneau. Ils avaient donc mis en place un stratagème pour poursuivre la quête initiale d'Arif et qu'elle n'obtienne jamais l'héritage de ce dernier. Quel enfer ! Comment ferait-elle pour se débarrasser d'eux et surtout vivre en paix, entourée de monstres étrangers ne pensant qu'à une seule et unique chose, sa perte par tous les moyens ?

12

Alors qu'elle était perdue dans ses pensées, elle reçut un message d'Ellis : « *Je ne comprends pas de quoi tu parles, comment Arif pourrait être derrière tout ça ? Il n'est pas mort ? Et qui voudraient t'enlever ? Le mec qui m'a fait croire que tu avais couché avec lui ?* »

Sandy répondit alors : « *En fait, j'ai fait des recherches et Arif est bien mort mais c'est son frère qui était censé être mort-né qui est finalement bien vivant et il se trouve être proche de moi. Et Mattei et Alexy sont en fait des informateurs venus directement du bled pour me faire tomber, comme du temps d'Arif. Tu n'as pas idée comme je les hais, non tu n'as aucune idée d'à quel point je les hais ! Personne ne peut les haïr plus que moi, ils ont gâché ma vie, ils m'ont tout pris jusqu'à ma dignité.* »

Ellis répliqua alors : « *Je suis désolé, j'ai été con, j'ai été faible mais je te promets qu'à l'avenir tu pourras compter sur moi, je fais bien de rentrer maintenant, je pourrais ainsi mieux te protéger, ce que j'aurais dû faire depuis longtemps. C'est à cause de moi si tu as ressenti le besoin de t'émanciper et je suis le seul responsable de toute cette histoire. Je te laisse, je vais me coucher tôt, mon train part tôt demain matin. N'oublie pas que je t'aime et que je suis désolé.* »

Sandy ne lui répondit pas. Elle se releva et se regarda dans le miroir, elle se parla à elle-même : « Tu vas faire ce que tu as toujours fait, tu vas poursuivre ton chemin et advienne que pourra. De toute façon, tu n'as pas le choix. »

Puis, elle retourna auprès de sa mère et ses filles, elle leur dit : « Bon, votre père rentrera demain, vous êtes contentes de le revoir ? »

L'aînée sautait partout comme un ressort et la petite tournait en rond, c'était drôle comme scène. Naïs lui dit : « Ça va toi ? »

Sandy haussa les épaules, l'air de dire qu'il n'y avait aucune réponse valable à cette question. Sa mère n'insista pas, elle comprenait. Sandy passa le reste de la soirée avec elles. Elle mit au lit ses filles, l'une après l'autre et les embrassa longuement. Elle ne savait pas du tout ce que l'avenir lui réservait, mais il ne semblait pas très joyeux. Elle voulait profiter de ces moments de complicité autant qu'elle le pouvait. Puis, elle dit bonne nuit à sa mère et partit se coucher. Pendant la nuit, elle se réveilla en sursaut et dégoulinante de sueur, elle venait de refaire l'un des cauchemars de son enfance, cela faisait très longtemps qu'elle n'en avait pas fait et cela ne lui avait pas manquer. Elle se leva et partit dans la salle de bain se laver, elle vérifia que sa fille allait bien, elle l'embrassa doucement et la contempla en souriant. C'était son petit soleil, son bébé bonheur, son bébé miracle. Elle se recoucha et tenta de se rendormir. En vain.

Le lendemain matin, sa petite merveille la rejoignit et lui fit comprendre qu'il était temps de se lever. Ni une ni deux, elle lui changea la couche, la nettoya, lui mit ses chaussures et l'emmena dans la cuisine où elle la déposa sur sa chaise haute. Elle prépara le petit-déjeuner pour tout le monde et s'occupa de son bébé. Celle-ci avait bon appétit, bien qu'elle commence à avoir le nez pris.

Elle lui fit les soins habituels et la laissa jouer dans son parc. Sa sœur se réveilla plus tard, prit son petit-déjeuner et la rejoignit. Naïs dit à sa fille : « Tu vas aller le chercher ? »

Sandy : Je ne sais pas, je suis sûre qu'ils m'ont tendu un piège, je le ressens très fort.

Naïs : De quel genre ?

Sandy : Un enlèvement, de moi ou de lui. Je ne serais même pas surprise qu'ils m'aient mise sur écoute. Si ça se trouve, ils sont au courant qu'Ellis revient aujourd'hui. Je ne les laisserais pas l'enlever, les filles se sont languis de lui, il doit être près d'elles.

Naïs : Tu es leur mère, tu es plus précieuse que lui encore !

Sandy : La vérité, c'est que dans l'idéal, elles ont besoin de nous deux, toi compris. Mais s'il y a un choix à faire, je préfère que ce soit moi, en plus, il n'a pas vécu parmi eux, il ne saura pas comment réagir, comment faire, comment les comprendre seulement. J'ai vécu toute ma vie à leur côté, je les connais par cœur. Ce sont des sous-êtres, ils ne méritent que la mort, lente et douloureuse pour tout le mal qu'ils font, qu'ils m'ont fait.

Naïs : Penses-tu qu'ils soient tous comme tu les décris ?

Sandy : La majorité, oui. On les entend dans les rues, ils crachent sur l'hexagone, pourtant ils sont bien contents d'y être, ils insultent tout le monde, ils volent, ils violent, ils frappent, ils attaquent, ils manipulent, ils martyrisent, ils brûlent, ils décapitent, ils sont partout en plus et se défendent de tous les crimes desquels on les accusent. Pourtant, c'est bien eux qui sont à l'origine de la plupart des maux du monde, pas qu'en France mais aussi ailleurs. Regarde, moi, qu'ai-je fait pour mériter tout ce qu'ils m'ont fait subir ? Qu'ai-je fait pour me faire torturer, violer chaque jour depuis que j'étais petite jusqu'à ce qu'il parte et qu'une fois mort, ça continue ? Ils sont revenus pour terminer le boulot de ce monstre, parce qu'ils sont comme lui.

Naïs : Je suis désolée pour tous les mauvais choix que j'ai fait, si j'avais su tout ce que tu endurais, jamais je ne serais restée à ses côtés. Je suis une mère lamentable. Je m'en veux si tu savais.

Sandy s'agaça : « Arrête maman, tu dis ça maintenant mais lorsque tu as pu avoir l'occasion de nous débarrasser de lui, tu ne l'as pas saisie… »

Naïs : C'est donc mon procès ?

Sandy : Il ne faut juste pas que tu viennes me dire ce genre de choses, c'est trop sensible. La plaie est béante et purulente, je ne sais pas si je m'en remettrai jamais vraiment. Je vis avec, je n'oublie pas, c'est impossible. Tu n'as pas été assimilée à eux, Ellis non plus et mes filles ne connaitront jamais ce que cela fait. Tu n'as pas été montré du doigt, tu n'as pas subi les moqueries, les railleries, les insultes répétées, on ne t'a pas ressasser que tu étais une merde, que tu ne valais rien, que tu ne servais à rien. C'était ton choix d'être avec lui et d'avoir rejoints cette communauté. Pas le mien.

Naïs ne répondit rien, que pouvait-elle dire à cela ? Elle alla vaquer à ses occupations. Sandy poursuivit de son côté, elle reçut un message d'Ellis : « *Je suis à mi-chemin, tout va bien de ton côté ?* »

Sandy répondit alors : « *Pour l'instant, ça va. Les filles jouent. Ma mère range. Je prépare le repas. Comme chaque jour. Rien d'intéressant. Je tâcherais de venir te rencontrer et s'il m'arrivait quelque chose, alors sache que cela aura été ma décision, il vaut mieux que cela soit moi plutôt que toi… »*

Ellis répliqua aussitôt : « *En espérant vraiment qu'il ne t'arrivera rien et que nous rentrerons tous les deux. Je t'aime tu sais, je ne veux pas que par ma faute, il t'arrive quoi que ce soit, je ne me le pardonnerais pas.* »

Sandy ne répondit rien. Elle continua ce qu'elle était en train de faire. Elle aida ensuite sa mère, joua avec ses filles et retourna en cuisine.

L'heure de midi approchait à grande vitesse, elle regardait son téléphone machinalement et constata qu'elle avait reçu un message d'Alexy dans ses spams : « *Bonjour Sandy, je vous attendais jeudi à 9 heures comme convenu, vous n'êtes pas venue, je ne peux donc plus vous considérer comme étant un membre de la société. Je vous avais laissé votre chance, vous ne l'avez pas saisie, tant pis pour vous, ne venez pas pleurer ensuite. »*

Sandy garda le message pour le cas où. Puis, elle mit la table et appela ses filles et sa mère à la rejoindre. À ce moment précis, elle aurait tellement aimé qu'Ellis soit présent, à ses côtés, et qu'il lui dise : « Je suis là ma chérie, tout ira bien, il ne t'arrivera rien parce que je ne les laisserais pas faire, qu'ils te touchent et je leur referais le portrait. »

Mais elle savait qu'il n'était pas ainsi, il le disait toujours mais bizarrement il ne l'avait jamais fait. Pourtant, elle aurait apprécié le voir faire, cela lui aurait prouvé son attachement. Il semblait toujours ne rien en avoir à faire de tout, mais surtout de tout ce qui la concernait. Son visage était impassible et cela la rendait dingue. Elle n'espérait donc plus rien de ce dernier.

Elle mangea avec plaisir entourée des siens, elle joua ensuite avec ses filles puis les mit au lit. Elle regarda son téléphone, un message d'Ellis : « *J'arrive dans deux heures et demie, j'ai hâte !* »

Sandy : *Je serais là.*

Elle brancha son téléphone et s'endormit près de sa fille qui se trouvait dans son lit entourée de toutes ses peluches.

Après une heure d'un sommeil agité, elle sursauta dans son lit et sans faire de bruit, elle se releva, alla dans la cuisine et prit un verre d'eau. Elle regarda l'heure et constata qu'il ne restait plus qu'une heure et demie avant qu'Ellis ne revienne. Ce dernier avait beaucoup réfléchi et avait réalisé qu'il ne pourrait jamais la remplacer, qu'il n'aimerait personne d'autre, qu'il serait perdu sans elle. Et, il espérait tellement qu'elle lui pardonne ce qu'il était. Il avait repassé en boucle ses reproches et il réalisait pleinement les points sur lesquels il devrait travailler en priorité pour éviter une nouvelle séparation. En fait, il devait tout revoir, absolument tout. Autant dire, qu'il avait un sacré travail mais c'était ça ou rien. Et il était prêt à faire enfin les efforts qu'elle attendait tant. Il espérait vivement qu'il la verrait devant la gare, que ces salopards ne lui auraient rien fait. Il ne s'en remettrait pas, il se reprochait déjà suffisamment cette absence, cette rupture stupide qu'il avait provoqué par sa colère et son comportement.

Les heures passèrent et il était sur le point d'arriver, son cœur s'emballait, il commença à préparer ses affaires pour descendre.

De son côté, Sandy était debout sur le quai de la gare, elle portait un jean bleu, des baskets noires, un t-shirt, un pull et un blouson noir et gris. Elle faisait les cent pas en l'attendant et elle était attentive à tout ce qui se passait autour d'elle. Elle vit le train arrivé, elle s'approcha et attendit de le voir pour le rejoindre, mais c'est là qu'elle entendit un grand fracas autour d'elle, elle eut juste le temps de croiser son regard et de l'appeler, qu'elle se retrouvait à l'arrière d'une voiture, une cagoule sur la tête, un bâillon dans la bouche et les mains ligotées.

Ellis n'avait pas eu le temps d'arriver près d'elle, il l'avait vu se faire kidnapper sous ses yeux par ces pourritures et tout ce qu'il lui restait à faire était de contacter la police pour qu'on la retrouve au plus vite.

13

Ellis rentra rapidement auprès de Naïs et de ses filles et laissa comprendre à sa belle-mère ce qui venait de se passer, elle lui dit : « Que vas-tu faire ? »

Ellis : Je vais appeler la police.

Naïs : Je pense que cela ne sert à rien, ils ne sont pas venus la première fois, lorsqu'elle avait commandé les pizzas, elle les avaient appelés et ils ne sont jamais venus, alors qu'ils lui avaient dit qu'ils passeraient. Personnellement, je préfèrerais que l'on règle cela entre nous et si vraiment cela mettait trop de temps, alors on y viendra.

Ellis : Je ne sais pas, je trouve ça foireux comme idée, ils pourront lui faire tout ce qu'ils veulent. Quand je pense que tout ça est de ma faute au départ... Cela me rend malade !

Naïs : Maintenant tu es rentré et tu vas pouvoir rattraper le temps perdu auprès des filles. Ce sera déjà une bonne chose de faite.

Ellis : Je n'abandonnerai pas Sandy !

Il prit son téléphone et appela la police. Naïs leva les yeux au ciel, elle était certaine que cela ne servirait à rien.

Il leur expliqua la situation, ils lui affirmèrent qu'ils interviendraient mais ils précisèrent qu'il fallait attendre 48 heures pour lancer l'alerte. Ellis leur rappela qu'elle n'avait pas disparue mais qu'elle avait été kidnappée. La police lui demanda alors de passer pour pouvoir enclencher une enquête. Ellis s'y rendit rapidement et en ressortit plusieurs heures plus tard, l'air grave. Il réalisait pleinement ce qu'il se passait et c'était peut-être bien la première fois depuis vraiment très longtemps.

Il rentra chez lui et retrouva ses filles, il n'en parla à personne, Naïs laissant entendre que cela n'avait pas d'intérêt. Il lui glissa toutefois, entre deux jeux avec ses filles que la situation était différente, que l'enquête avait débuté et qu'il craignait pour Sandy, tout ce qu'ils seraient capables de lui faire subir.

Naïs ne répondit rien. Elle priait beaucoup pour sa fille, elle espérait qu'elle la reverrait très vite, elle se remémorait toutes les paroles de celle-ci, elle savait qu'elle serait embarquée. Et elle avait préféré que ce soit elle plutôt qu'Ellis. Pourquoi ?

Sandy se trouvait toujours dans la voiture et elle était étrangement calme. Elle était seule et priait. Soudain, elle entendit un grand bruit proche d'elle et une voix connue lui dire : « Ya Sandy, tu me reconnais ? »

Elle ne répondit rien. Elle les haïssaient. Elle aurait eu envie de tous les voir morts, elle avait hâte que ce moment arrive, comme pour Arif.

Il semblait donc qu'une bonne partie de la famille de ce pourri c'était réunie pour lui faire du tort, encore.

Elle fut attrapée et emmenée dans une maison, on lui retira la cagoule, le bâillon mais elle resta ligotée les mains derrière le dos. Elle se trouvait en face de Hadra, la sœur d'Arif, d'Akil, leur frère qui était censé être mort-né, de Mattei et d'Alexy.

Hadra avait changé d'apparence depuis la dernière fois qu'elle l'avait vu pour son divorce au bled, elle portait un voile et avait le regard mauvais mais cette fois-ci, elle ne se cachait plus, ni ne se contrôlait. Et elle rencontrait pour la première fois Akil, on aurait pu croire qu'elle se trouvait en face d'Arif. C'était terrible, il avait la même voix que ce dernier. Ils se ressemblaient d'ailleurs beaucoup avec sa sœur. Alexy s'approcha et lui chuchota quelques mots à l'oreille : « Je suis désolé, je ne voulais pas, ils me tiennent, je ne suis pas avec eux. »

Sandy le dévisagea et lui cracha dessus. Pour ce regard et ce geste, elle reçut des coups de ceinture sur le dos. Elle tomba à terre, elle se revoyait enfant en train de se faire battre par Arif qui l'insultait. Alexy lui rendit son crachat et lui donna des coups de pieds dans les côtes. Mattei s'approcha et lui dit : « Ça te dirait que je te soigne ? Je vais te retirer tes vêtements et nous pourrons nous amuser un peu ! »

Sandy trouva la force de se relever et lui fit comprendre qu'elle l'envoyait se faire voir. Il ne l'accepta pas, il lui tomba dessus tant au sens propre qu'au sens figuré. Elle était allongée et vit apparaitre au-dessus d'elle Hadra qui lui dit : « Mon frère est mort seul, tu n'étais même pas là pour son enterrement, alors que j'ai tout fait pour te prévenir, tu as toujours été une mauvaise fille avec lui, tu méritais tous les coups qu'il te portait et aujourd'hui, tu vas payer pour la dure vie qu'il a eu à cause de toi. »

Sandy trouva la force d'exploser de rire, elle-même ne savait pas d'où cela lui venait. Hadra voulut la faire taire en la frappant mais elle continuait malgré elle à rire. Akil s'approcha alors dangereusement de cette dernière et lui mit un coup de pieds dans la bouche, elle sentit ses dents se cassaient et du sang envahir sa cavité buccale. Akil se mit à rire à son tour, il la releva telle une chiffe-molle et la jeta contre les murs de la maison. Sandy n'avait plus été passée à tabac comme ça depuis des années. Elle se remémorait ses années de souffrance où elle pensait à la mort pour se libérer de leur emprise diabolique.

Après qu'ils se soient tous déchaînés contre elle, ils la laissèrent à terre et sortirent en l'enfermant à double tour. Sandy ne bougeait plus, elle respirait à peine, elle était difforme et avait mal partout. Personne n'aurait pu la reconnaitre dans cet état. Elle resta ainsi plusieurs jours. Et alors qu'elle se croyait déjà morte, ne ressentant plus son corps ni son cœur battre, elle entendit la porte s'ouvrir et une voix connue lui ordonnait de se lever : « Viens sale chienne, viens nous allons nous amuser ! »

Sandy ne bougea pas. La voix s'approcha et la manipula autant qu'il le pouvait. Elle s'empêchait de hurler pour ne pas éveiller sa colère. D'autres coups et elle finirait certainement par lâcher prise et rejoindre l'autre monde, elle pensait à ses filles, à Ellis et à Naïs. Elle doutait fortement de sa capacité à les revoir. Il la souleva et lui jeta un seau d'eau glacé sur le corps, elle ne bougea pas. Il la déshabilla et commença à vouloir la violer, elle sentit un objet pointu dans son pantalon, dans la poche arrière qui s'enfonçait dans sa jambe, la douleur était tellement cinglante qu'elle ne put s'empêcher d'ouvrir les yeux et de laisser quelques larmes coulaient malgré elle, il s'en rendit compte et voulut la frapper, elle joua son jeu, dans un ultime effort, elle releva sa tête et l'embrassa comme elle ne l'avait plus fait depuis très longtemps, elle n'avait plus de force et avait l'impression qu'à chaque coups de langues, son énergie la quittait mais elle continuait. Elle lui retira son pull puis son t-shirt et l'entendait lui dire : « Petite salope, je savais que je te plaisais et que je te chaufferais assez pour que tu te réveilles ! »

Elle ne faisait plus attention, elle lui mordit la langue si fort qu'elle eut du sang dans sa bouche, ce dernier s'éloigna en hurlant, il était en boxer, elle se releva dans un ultime effort et attrapa le couteau qu'elle cacha comme elle put sous elle. Elle était inconfortable, elle se rendit compte que Mattei ne revenait pas près d'elle, il avait une partie de sa langue qui pendait dans l'air, c'était une vision d'horreur. Mais ce n'était rien comparé à ce qu'ils lui avaient tous fait subir depuis petite. Après tout, ce n'était que de la légitime défense. Elle n'avait pas eu le choix, il fallait qu'elle tente de se libérer. Ils ne connaissaient que la violence, c'est ainsi qu'ils se comportaient. Ils criaient tellement fort qu'il fut rejoint par les trois autres qui hallucinèrent de le voir dans cet état. Sandy s'était redressée et se tenait sur ses genoux, droite et les regardaient fixement. Elle tenait avec sa main droite le couteau qui semblait bien affûté et elle ne détournait pas le regard. Cette scène elle l'avait déjà vécue plus jeune avec Arif, Hadra et d'autres membres de cette famille de fous, mais cela se passait au bled. Là, elle avait un avantage, elle en était presque sûre, ils étaient toujours en France.

Alexy dit à Mattei : « La garce ne t'a pas loupé, haha ! »

Mattei ne pouvait plus parler, il donna un coup de poing à ce dernier et celui-ci riposta. Hadra et Akil les arrêtèrent en leur disant : « Ce que vous pouvez être des hmars quand vous vous y mettez ! Fermez-là ! »

Sandy ne tremblait pas, elle les fixaient sans cligner des yeux, elle n'avait plus peur. Elle sentait une nouvelle force l'envahir, elle sentait que ça irait bien très vite. Elle avait beaucoup prié pour que Dieu lui vienne en aide, elle sentait qu'il ne l'avait pas laissé tomber. Ce n'était qu'une question de temps.

Elle se releva complètement, elle était en culotte et n'avait plus de haut du tout. Elle ne se cachait plus, cela ne servait à rien, ils lui avaient déjà pris sa dignité depuis longtemps, ils la connaissaient par cœur. Elle saignait abondamment à plusieurs endroits de son corps. Ses yeux la faisaient beaucoup souffrir. Pas une zone sur elle ne lui faisait pas mal. C'était terrible !

Hadra s'approcha d'elle et lui dit : « Tu vas nous le payer ! »

Sandy attendit qu'elle soit assez proche pour lui enfoncer le couteau dans le ventre, cette dernière en avait un également et elle le lui enfonça en retour dans l'épaule droite. Sandy lâcha le couteau et l'attrapa avec la main gauche. Akil grogna et lui sauta dessus, on aurait dit un chien enragé, ou bien Arif mais enragé. Il bavait au-dessus d'elle et appuyait sur la blessure de l'épaule, du sang giclait partout. Il la viola en même temps et incita tous les autres à faire pareil. Ils recommencèrent plusieurs fois. C'était un cauchemar, un enfer ! Sandy avait envie de mourir. Elle fut assommée par Mattei et perdit connaissance. Elle fut ensuite transportée et jetée ailleurs.

Ellis avait pris les choses en main et faisait régulièrement des cauchemars à son sujet. Il n'avait aucune idée de ce qu'elle endurait, il était loin de se l'imaginer. Naïs non plus ne pouvait pas se douter. C'était plus que l'enfer !

Ellis avait reçu un message de Hadra qui lui avait envoyé une photo de Sandy dans la maison où les premiers sévices avaient eu lieu. Il avait montré cette photo à la police qui recherchait activement la localisation. Ellis avait déjà dépeint le portrait de Mattei, ce malade qui lui avait fait croire que Sandy et lui avaient couché ensemble, ce qui leur permit d'avoir une première piste sur l'un des ravisseurs. Ils placardèrent son portrait-robot partout, dans les hôpitaux, dans les rues, dans les commerces, devant les écoles, dans les transports en commun, bref partout. Sa tête apparaissait à la télévision également. Ellis espérait vraiment qu'il la retrouverait vite.

Mattei avait refermé sa braguette et se rhabillait rapidement. Il sortit et fut emmené par Alexy dans une pharmacie pour trouver un remède pour sa langue. Les pharmaciens reconnurent ce dernier et appelèrent en toute discrétion le numéro de la police. Ils firent tout ce qu'ils purent pour les garder aussi longtemps que possible dans la pharmacie, pour donner le temps à ces derniers d'arriver. Ceux-ci arrivèrent et l'appréhendèrent en l'attrapant par derrière, Alexy eut le temps de s'échapper. Il courut aussi vite qu'il put et démarra aussi rapidement que possible, un policier put, grâce à dieu, relever la plaque d'immatriculation du véhicule. Mattei était, à présent, ligoté et embarqué dans la voiture de police, il arriva à l'hôpital pour les soins de sa langue, les policiers étaient virulents avec ce dernier, ils demandèrent aux médecins de leur donner le bout de langue qui allait être retiré pour des analyses, pour récupérer l'ADN. Ils lui dirent : « On va savoir ce qu'il s'est passé, tu es fini ! Tu as voulu abuser d'elle et elle t'a mordu la langue pour se libérer de ton emprise, c'est ça ? »

Il ne pouvait plus répondre, une fois soigné, il fut ramené en cellule et attendit ses futurs interrogatoires.

14

Au même moment, le policier qui avait récupéré le numéro de la voiture d'Alexy recherchait activement dans son ordinateur sur le site du SIV-auto, toutes les informations possibles notamment le propriétaire du véhicule. Il eut un nom qui ressortit Yero Charaf. Il appela Ellis sur son téléphone et lui demanda de venir au commissariat.

Celui-ci s'occupait de ses filles lorsqu'il reçut l'appel, il les laissa avec leur mamie et alla au rendez-vous. Le policier l'accueillit et l'invita dans un bureau fermé. Ellis s'assit et lui dit : « Bonjour, que se passe-t-il ? Vous avez du nouveau ? »

Le policier : Oui, d'abord, nous avons attrapé Madi que vous connaissez sous le nom de Mattei. Son complice a réussi à s'enfuir mais j'ai récupéré son numéro de plaque d'immatriculation, connaissez-vous un certain Yero Charaf ?

Ellis : De nom, oui.

Le policier : De qui s'agit-il ?

Ellis : C'est censé être le cousin germain de Sandy. C'est le fils de Hadra Ghiles, la sœur de Arif Ghiles qui est décédé il y a quelques années maintenant au bled.

Le policier notait tout ce que lui disait ce dernier, il ajouta : « Cette Hadra Ghiles a-t-elle d'autres enfants ? »

Ellis : Oui, deux filles qui se nomment Meha et Zuha Charaf.

Le policier : Vivent-elles en France ?

Ellis : Non, pas aux dernières nouvelles. Mais pourquoi me posez-vous toutes ces questions ?

Le policier : Parce que c'est la procédure. Nous avons de forts soupçons concernant cette famille.

Ellis lui tendit un papier, il lui dit : « Ce sont les notes qu'avaient griffonné Sandy lorsqu'elle-même avait fait ses recherches sur le web concernant Arif et les deux autres-là. »

Le policier les lut et se leva d'un bond, il dit à ce dernier : « Vous auriez dû commencer par cela ! Nous avons perdu un temps fou... »

Ellis : Je suis désolé, j'ai été chamboulé par cette affaire. Cela ne se reproduira plus. Puis-je voir Madi ?

Le policier : Non, c'est impossible. Rentrez chez vous. Je vous tiendrais au courant s'il y a du nouveau.

Ellis hocha la tête et allait sortir lorsqu'il se retrouva nez à nez avec un autre policier. Ce dernier était en train d'apporter les résultats ADN du bout de langue de Madi. Le policier lut les résultats et dit à Ellis : « Sachez qu'il s'agit bien de l'ADN de Sandy, que nous avons retrouvé sur ce dernier, sur Madi, elle a dû être violenter et elle n'a trouvé que ce moyen-là pour le faire fuir. Elle a été courageuse. »

Ellis : Attendez, je ne comprends pas, de quoi parlez-vous ?

Le policier : Venez vous asseoir, Monsieur Pao.

Celui-ci se rassit et attendit, le policier poursuivit : « Je vous ai dit que nous avions retrouvé Madi, je ne vous ai pas expliqué comment. C'est en se rendant à la pharmacie, avec son complice dont je vous ai parlé, que nous l'avons appréhendé. Il se trouvait là parce qu'il a eu la langue mordu au point qu'un bout ne tienne que d'un fil. Nous l'avons emmené à l'hôpital pour qu'il se fasse soigner et nous l'avons ensuite ramené en cellule. Nous avons, par précautions, demandé à faire analyser le bout de langue et nous y avons retrouvé l'ADN de Sandy, votre conjointe. Nous supposons, à présent, qu'elle a été forcée et que pour se défendre, elle l'a mordu. Mais dès que nous en saurons plus, nous vous préviendrons. »

Ellis se sentait mal, il en était maintenant pleinement convaincu, Sandy s'était fait violer. Et quand il repensait que tout venait de lui, au départ, cela le rendait dingue.

Il remercia le policier et sortit en suffoquant.

15

Amr alias Alexy s'était garé comme une furie et raconta à ses compères l'arrestation de Madi. Il était très agité, on aurait pu le prendre pour un fou. Akil grogna comme une bête et se précipita vers le corps inerte de Sandy. Il l'attrapa et la secoua violemment, en l'insultant et en la menaçant de la tuer. Elle ne réagissait plus. Hadra s'approcha et lui dit : « Ti yezi Akil, tu vas la tuer, elle doit vivre pour qu'on la ramène chez nous, c'était le plan ! »

Akil se releva et empoigna sa sœur et lui dit : « Oskote ya charmouta ! Ne me parle pas sur ce ton, je suis l'homme ! »

Hadra se détacha de ce dernier et l'insulta copieusement dans leur langue, tout en prenant soin de s'éloigner de lui afin d'éviter ses coups. Elle attendit qu'il sorte et qu'il aille plus loin vaquer à ses occupations pour retourner voir Sandy. Elle se pencha vers cette dernière pour voir si elle respirait toujours et elle constata que c'était le cas mais que son souffle était très faible ainsi que son pouls. Elle se redressa et faisait les cents pas, comment pourrait-elle la ramener à la vie sans se faire prendre ? Elle voulait la faire souffrir mais pas la tuer, ou du moins, pas encore. Elle voulait la ramener chez eux au bled pour la confronter au reste de leur famille et l'obliger à se plier à leur quatre volonté. Elle se moquait bien que Sandy ne soit pas vraiment de leur famille, elle avait vécu parmi eux et elle en savait trop les concernant. Il fallait à tout prix qu'elle se taise et qu'elle reste toujours en bas de l'échelle sociale, elle n'avait pas le droit de réussir, d'être heureuse et de vivre paisiblement. Elle fut rejointe par Amr qui lui dit : « Si Akil te voyait là, il te frapperait ! »

Hadra : Non, il ne pourrait pas me toucher, je suis sa sœur. Et puis de toute façon, tu ne vas rien lui répéter, n'est-ce pas sinon je lui raconterai que tu as voulu le doubler, ce serait fâcheux…

Amr ne répondit rien. Il partit vaquer à ses occupations. Ils se trouvaient dans une forêt dense, dans une grange, à priori inhabitée sauf par eux qui avaient pris possession des lieux.

Hadra se repencha au-dessus de Sandy, elle la traina jusqu'à l'autre bout de la pièce et sortit rapidement puis revint tout aussi vite avec une serviette mouillée, elle lui essuya le visage ainsi que ses blessures. Certaines s'étaient infectées et dégageaient une mauvaise odeur. Elle insultait son frère et le monde entier de l'avoir mise dans cet état, c'étaient de vraies brutes. Elle, ne se considérant pas comme telle. Ils étaient toujours prêts à se rejeter la faute dessus et ils ne connaissaient que la violence pour régler les problèmes. Chacun se la jouait solo mais dès qu'ils rencontraient un problème commun, ils collaboraient ensembles pour atteindre leur but. Là dans ce cas précis, c'était exactement ce qu'ils avaient fait. Ils s'étaient ralliés les uns les autres pour atteindre Sandy plus facilement, plus rapidement et obtenir ce qu'ils voulaient. Ensuite, chacun retournerait plus ou moins, à ses occupations premières, tout en n'oubliant pas de la martyrisait encore.

Sandy tremblait, elle était brûlante et Hadra décida de la ramener à l'hôpital. Ce qu'elle ne savait pas, tout comme ses complices, c'est qu'ils étaient recherchés partout et par tout le monde. Elle souleva le corps de cette dernière et la fit sortir par derrière, elle la déposa derrière des arbres et alla chercher l'une des voitures. Amr l'observait de loin, il la vit placer le corps de Sandy à l'arrière et s'empresser de remonter dedans puis s'éloigner petit à petit de la planque.

Il ne dit rien à Akil, il s'en rendrait compte bien assez tôt. Il s'éloigna beaucoup pour ne pas avoir de représailles de ce dernier. Après quelques heures, Hadra se gara dans le parking de l'hôpital, espérant sans doute pouvoir aborder un médecin au vol pour qu'il examine cette dernière. Ne voyant personne et constatant que l'état de Sandy s'aggravait d'heures en heures, elle se fit violence et finit par sortir de la voiture avec elle dans les bras.

Elle la transporta jusqu'aux urgences où elle rencontra beaucoup de personnels soignants et dès qu'arrivée, elle vit les pancartes avec la photo de Sandy, elle voulut faire demi-tour mais c'était trop tard, elle fut arrêtée par des policiers qui se trouvaient dans l'enceinte de l'hôpital. Ces derniers appelèrent leurs collègues du lieu de domicile de

Sandy et les prévinrent de cette arrestation. Ils s'entendirent pour la faire rapatrier dans un fourgon blindé et surprotégé par des gardiens et des policiers vers le lieu de résidence, pour de futurs interrogatoires et confrontations. Sandy fut prise en charge rapidement par les soignants et emmenée au bloc. Lorsque Hadra arriva enfin à destination, elle rejoignit Madi qui avait été arrêté un peu plus tôt.

Au bout d'un temps assez long, Akil retourna près de Sandy, mais il ne la trouva pas. Il retrouva des affaires de sa sœur Hadra. Il comprit qu'elle avait désobéi et sentit l'envie de se venger. Il appela Amr plusieurs fois avant qu'il ne s'approche et lui dise : « Qu'y a-t-il ? »

Akil : Elle est où ?

Amr : Qui ça ?

Akil : Mais qui m'a mis des hmars aussi bête ? Sandy bien sûr !

Amr : Je ne sais pas, j'étais occupé comme toi.

Akil lui tomba dessus et lui hurla : « Tu me dois le respect, ya kelb, tes parents ne t'ont pas appris les bonnes manières ! »

Amr le repoussa et lui fonça dessus, il attrapa une scie à métaux et lui trancha la main droite avec. Ce dernier hurla, son sang coulait partout ! Amr rétorqua alors : « N'insulte plus jamais ma famille, sale merde ! Tu es un danger ! »

Akil attrapa la scie et l'enfonça dans le dos de celui-ci qui était en train de s'éloigner. Il fut transpercé et tomba raide mort. Akil monta dans la voiture et fonça directement chez Yero Charaf, son neveu.

16

Sandy se trouvait dans le bloc depuis déjà deux heures. Ellis avait reçu un appel du commissariat lui indiquant l'arrestation de Hadra Ghiles et que s'il voulait revoir sa conjointe, il devrait se rendre rapidement à l'hôpital de Bonséjour à sept cents kilomètres de chez eux.

Ellis partit aussi vite que possible se préparer, il emporta un sac avec quelques affaires à lui mais aussi à elle. Enfin, il allait pouvoir la revoir ! Mais la distance qui les séparaient étaient dingue, les salauds l'avaient emmené vraiment très loin, après le premier incident avec Madi.

Ils avaient donc tout préméditer. Il espérait vraiment qu'ils les attraperaient tous, les uns après les autres. C'était nécessaire pour la survie de l'humanité. Il en était convaincu. Il prévint Naïs et promit à ses filles de revenir très vite et accompagné de leur maman.

Cela faisait déjà un mois et demi qu'elle avait disparu, le temps s'était écoulé à vitesse grand V et il peinait à y croire.

Il se rendit à la gare et prit un billet de train de nuit pour arriver le lendemain matin tôt.

Sandy se trouvait sur la table d'opérations et les médecins s'affairaient autour d'elle. Ils avaient rarement vu autant de tortures sur un seul corps et autant de marques de violences sexuelles également. Elle avait dû subir des atrocités, des horreurs terribles et qui, très certainement, auraient beaucoup de mal à passer. Même en lui laissant du temps. Elle en garderait forcément des traumatismes.

Les médecins s'affolaient, ils étaient en train de la perdre, ils lui firent un massage cardiaque et attendirent un peu, son cœur repartit enfin, ils purent reprendre là où ils en étaient. Après plusieurs heures au bloc, ils sortirent et la transférèrent dans une chambre. Les médecins retrouvèrent la police et leur donnèrent un détail complet de tous les sévices qu'elle avait enduré. C'était terrifiant ! De véritables monstres s'étaient occupés de son cas.

La police les remercia et allèrent la voir, elle n'était pas réveillée alors ils se postèrent devant sa chambre. Ils resteraient présents jusqu'à ce que tous les ravisseurs soient retrouvés. Pour l'heure, Sandy n'était pas à l'abri de représailles.

Ellis se trouvait dans le train depuis la veille et arriva enfin, il prit un taxi qui l'emmena vite à l'hôpital. À peine arrivé, il se précipita vers l'accueil et demanda Sandy

Ghiles, la femme lui indiqua sa chambre. Il suivit les indications et la retrouva dans une pièce gardée par deux policiers qui seraient remplacés quatre heures plus tard par d'autres. Il les salua et rentra sans faire de bruit dans la chambre, il s'assit près d'elle et il ne la reconnut pas. Il lui prit la main et se mit à pleurer, il se reprochait toute cette histoire…

Il resta près d'elle jusqu'à ce qu'elle se réveille, mais ce ne fut pas le cas. Il vit un médecin passait et alla le voir et lui dit : « Attendez docteur, bonjour, connaissez-vous le cas de ma compagne Sandy Ghiles ? »

Le docteur portait des lunettes et une blouse blanche, il était un peu rondelet, il portait un stéthoscope autour du cou et il finit par lui dire : « Oui, je la connais, nous l'avons réparé et opéré à son arrivée, ce qu'elle a traversé est impensable ! Cela ne pouvait pas être des humains, ce n'est pas possible autrement. Une telle violence, une telle rage de tuer et de blesser… J'ai rarement vu cela ! C'est un miracle qu'elle soit toujours vivante, nous avons d'ailleurs bien failli la perdre pendant les soins. »

Ellis tremblait, il le remercia et ce dernier ajouta : « Vous savez, après les traumatismes qu'elle a passé, cela ne m'étonnerait pas qu'elle ne revienne pas tout de suite. »

Ellis : Que voulez-vous dire ? Qu'elle est dans le coma ?

Le médecin : Non mais elle reviendra quand elle se sentira prête. C'est trop tôt pour le moment, à votre place je serais patient, rien ne sert de la brusquer, elle l'a été assez comme cela. Je repasserais un peu plus tard dans la journée.

Ellis le remercia et retourna auprès d'elle. Elle n'avait pas bougé, elle avait des bandages, des gros pansements un peu partout. Certains avaient saignés abondamment en-dessous et d'autres semblaient plus « sains ».

Il sortit un livre et se mit à lire pour passer le temps. Plus jamais il ne la laisserait, il se reprocherait toujours ce qu'il s'était passé. Tout ça était de sa faute !

17

Akil se trouvait auprès de Yero, Meha et Zuha Charaf et il leur racontait ce qu'il s'était passé. Les deux sœurs lui soignèrent la main et allumèrent la télévision. Ils tombèrent sur les informations et les affiches placardées de Sandy et d'eux-mêmes, ils ne l'allumaient jamais habituellement mais ils le firent ce jour-là. Hadra, leur mère apparaissait comme détenue ainsi que Madi au

commissariat central de la localité de Sandy, cette chienne.
Akil les insultaient copieusement, Yero lui dit : « Attends, ya ma s'est fait attraper ? Mais pourquoi ? Et comment ? »

Zuha lui demanda de se taire, ils entendirent les explications qui étaient qu'elle avait emmenée Sandy à l'hôpital et avait été reconnue par les autorités et les soignants grâce aux photos qu'avaient gardé Sandy de ces derniers.

Ils se regardèrent écœurés, ils savaient aussi qu'ils ne leur restaient plus beaucoup de temps avant de se faire prendre également et il n'en était pas question.

Akil se releva et leur dit : « Nous allons les récupérer tout de suite et nous allons tuer Sandy, c'est ce que j'aurais dû faire dès le début. »

Meha lui dit : « Non mon oncle, je ne te suis pas. Ils ont déjà ya ma et Madi, ils ne tarderont pas à nous trouver aussi, ce n'est qu'une question de temps. »

Akil : Ces deux-là ne parleront pas. Que racontes-tu là ?

Zuha : Je ne te suivrais pas non plus. Inutile d'insister.

Akil les empoigna avec sa main valide et leur fit promettre qu'elles lui donneraient un coup de main pour les sortir de là.

Seul Yero semblait hors course, il avait à la main un coutelas et l'enfonça dans la nuque de ce dernier, puis il lui dit : « Ne t'adresse plus jamais à mes sœurs comme ça, ya khra. »

Puis il cracha sur lui et retrouva ses sœurs et leur dit : « Débarrassons-nous de lui et rentrons au pays. Nous ne sommes au courant de rien de toute façon. »

Au même moment, ils entendirent frapper à la porte : « Ouvrez tout de suite ! C'est la police, nous savons que vous êtes là, nous avons entendu du bruit ! Si vous n'ouvrez pas immédiatement, nous allons défoncer la porte et vous arrêtez sur le champs ! Alors coopérez ! »

Yero, Meha et Zuha se regardèrent et jetèrent un œil à leur oncle. Celui-ci avait repeint le sol du salon par son sang. Il y avait une légère dénivellation dans cet appartement, le sang coulait jusqu'à l'entrée et atteignit les policiers armés derrière la porte. Ce fut un signe de trop pour eux et ils défoncèrent l'entrée. Les deux sœurs et le frère tentaient de sortir par la fenêtre de la salle de bain et atterrir sur les toits de l'immeuble mais ce fut peine perdue. Ils furent rattrapés par les policiers qui les menottèrent rapidement et les embarquèrent dans différentes voitures. D'autres se trouvaient toujours dans l'appartement et constataient la mort d'Akil. Ils prévinrent toutes les autorités dans l'instant : le procureur, le patron départemental des policiers, le chef de la brigade de sûreté urbaine, le médecin légiste. Puis, ils bouclèrent la scène de crime en déroulant des rubalises, ces rubans jaunes. Ils attendirent que les techniciens de la police technique arrivent pour leur laisser poursuivre leur travail. Ces derniers arrivèrent dans les dix minutes, ils enfilèrent leurs combinaisons, surchaussures, charlottes, gants et masques pour ne pas polluer la scène de crime. Puis, ils se mirent à tout photographier, de la façade de l'appartement à l'endroit précis où se trouvait le corps sans vie d'Akil, sans jamais rien toucher. Un travail minutieux. Puis, une fois leur travail terminé, ils mirent leurs clichés dans un album qu'ils mettront à la disposition de la justice pour la suite de la procédure.

Alors qu'ils terminaient leur tâche, d'autres policiers traquaient les indices potentiels en fouillant les poubelles et chaque recoin aux alentours. Ils allèrent ensuite interrogés rapidement les témoins potentiels, à savoir Yero, Meha et Zuha qui se trouvaient toujours dans les voitures de police, chacun leur tour durent se présenter et donner leur lien de parenté avec le défunt. Ils les laissèrent et entrecoupèrent leurs réponses pour voir si l'un d'eux se trahiraient. Ils seraient, quoi qu'il arrive, entendus une seconde fois, plus tard. Une enquête de voisinage s'ensuivit. Puis, le médecin légiste fit son apparition, il s'approcha du corps d'Akil et le toucha avec prudence avec des gants. Il passa un temps assez long à examiner le corps. Chaque étape de cet examen aura été photographiée afin d'en garder des traces. Le légiste s'adressa à un policier et lui dit : « Le corps est encore assez chaud, le meurtre est récent. Je dirais dans l'heure. »

La police technique revint et releva toutes les empreintes possibles, effectua des prélèvements ADN et glana tous les objets qui trainaient, tels que des mégots, des chiffons, des bouts de papiers, des photos. Ils en découvrirent un bon nombre de Sandy, la disparue retrouvée quelques heures plus tôt dans un hôpital à quelques kilomètres de là. Ils cherchèrent encore et fouillèrent le reste de la maison, en prenant soin de ne rien déplacer et ils découvrirent des documents écrits en français et en arabe qui trahissaient les habitants arrêtés, prévoyant d'attaquer Sandy et sa famille ainsi que d'autres personnes la côtoyant. Des documents compromettant. Ils les ajoutèrent au dossier et retrouvèrent le directeur d'enquête qui faisait ses premières constatations. Il était en train de rédiger un procès-verbal très long, très détaillé, pour figer la chronologie des faits et l'environnement des lieux du meurtre. Il passait du temps à croiser tous les éléments recueillis par chaque policier. La police technique s'approcha et lui dit alors : « Nous avons trouvés des documents très compromettant contre les individus vivant ici et le défunt concernant l'affaire de Sandy Ghiles. Le commissariat d'ici était en contact avec la police du lieu d'habitation de cette dernière et ils devaient rendre visite à ces derniers pour connaitre les raisons pour lesquels ils avaient prêté la voiture qui a servi au complice de l'un des ravisseurs de Sandy Ghiles.

Mais il semble que tout se soit accéléré et qu'ils aient été obligés de les appréhender avant qu'ils ne s'enfuient par la salle de bain. »

Le directeur d'enquête en prit note et poursuivit ses écrits pour rassembler le maximum d'autres éléments.

Le corps fut transporté vers l'institut médico-légal de l'hôpital du coin pour l'autopsie auprès du médecin légiste et un technicien officiant. Ils furent rejoints par deux officiers de police judiciaire ainsi qu'un fonctionnaire de la police technique, avec un appareil photo, ce dernier prit en photos chaque étape de l'examen du corps d'Akil et de l'autopsie en elle-même, ordonnée par le procureur qui avait été mis au courant un peu plus tôt. Tout passera au peigne fin, à commencer par l'arme du crime, le coutelas enfoncé dans la nuque du corps, les habits, bijoux, prélèvements sanguins, éléments d'organes… et tout fut mis sous scellés.

Puis, les deux sœurs et frère furent enfin emmenés au commissariat de police pour être interrogés séparément, afin de recouper leurs déclarations. Les éléments glanés par la police technique étant une aide majeure pour les enquêteurs. Ils prirent contact avec la police du lieu d'habitation de la victime, Sandy Ghiles. Ils les mirent au courant et ces derniers décidèrent d'interroger les deux malfrats qu'étaient Madi et Hadra, séparément puis ensembles pour voir leur réaction. Ils enverraient ensuite les films des interrogatoires à leurs collègues pour la poursuite de l'enquête.

18

Les interrogatoires de Hadra et Madi, ainsi que des deux sœurs et frère prouva encore une fois que Sandy était bien dans leur collimateur depuis très longtemps. Ils parlaient de Arif, le soi-disant père de cette dernière, de vengeance pour tout le mal qu'elle lui aurait causé puis ils se ravisaient et mettaient en avant le fait qu'elle n'était pas comme eux, qu'elle n'était pas vraiment de leur famille, qu'elle méritait de souffrir, puis ils changeaient à nouveau leurs déclarations. Et ce fut ainsi du début à la fin. Yero finit également par avouer qu'il avait tué son oncle Akil parce qu'il avait manqué de respect à ses sœurs. Il ne regrettait pas du tout son geste et était prêt à recommencer si l'occasion se présentait. Il expliqua que c'est ainsi qu'ils réglaient les problèmes. Ils n'avaient aucun scrupule pour s'entre-tuer et tuer d'autres personnes. Compte tenu des circonstances, des aveux de Madi et Hadra sur Akil et ce qu'il avait fait subir à Sandy, Yero fut inculpé pour meurtre sans préméditation ainsi que pour complicité de kidnapping, de tortures, actes de barbarie, viols et violences psychologiques. Il fut incarcéré et fut condamné à quinze ans de réclusion criminelle sans possibilité de faire appel.

Les enquêteurs poursuivirent les interrogatoires auprès des deux sœurs, qui ne furent pas mises au courant de la situation de leur frère, ils ne s'étaient plus revus depuis leur arrestation. Ils leur posèrent des questions, toujours les mêmes et ils les observèrent pour voir si elles se trahiraient. Et encore une fois, ce fut le cas. Apparaissait sur leur tête, une haine sans commune mesure contre Sandy. Mais que leur avait-elle fait pour mériter autant de rage ?

L'un des policier leur dit : « Pourquoi avoir kidnappé Sandy Ghiles et pourquoi l'avoir torturé de la sorte ? »

Hadra d'un côté, ses filles de l'autre : « Elle n'est qu'une merde, Arif le répétait toujours et il avait raison. »

Les policiers : Arif était son « père », votre frère, votre oncle ?

Hadra d'un côté et ses filles de l'autre : « Il n'était pas son père, il le savait, nous le savions, et nous faisions semblant de la supporter, de l'accepter mais nous lui en avons fait voir de toutes les couleurs. »

Les policiers : Que lui avez-vous fait exactement ?

Hadra et ses filles : « Une année, elle était venue nous rendre visite pendant l'été et nous avons décidé de lui faire manger pendant une semaine complète de la harissa artisanale écrasée avec les pieds sales des boniches. Etalée sur du pain traditionnel et sans huile, matin, midi et soir. Elle n'avait rien d'autres à manger, au bout de trois jours elle a commencé à se faire dessus et elle se faisait frapper à chaque fois qu'elle recommençait. Finalement, elle a perdu connaissance et nous l'avons laissé trois jours de plus, jusqu'à ce que sa mère appelle de France, réclamant à lui parler et c'est pour cette raison uniquement que j'ai été obligé de l'amener à la clinique pour se faire soigner. On était bien contents de la voir dans cet état, elle ne méritait pas de vivre. »

Les policiers étaient dépités par les propos de ces dernières. Ils ajoutèrent : « Y a-t-il eu d'autres choses ? »

Les sœurs, chacune de leur côté, se turent. Seule Hadra répondit : « Oui, nous avons fait de la magie contre elle, je lui ai offert depuis qu'elle était toute petite un pendentif dans lequel j'avais glissé un papier plié en tout petit sur lequel était écrit de ma main de la magie très puissante pour qu'elle ne réussisse pas dans ses études, qu'elle reste toujours une moins que rien, qu'elle attire tous les gens comme nous, qu'elle se trouve des hommes qui la haïssent et qui la battent, qu'elle ait des problèmes digestifs si important qu'elle arrête de manger et qu'elle meurt. Et beaucoup d'autres choses de ce type. »

Le policier qui se trouvait en face d'elle : « Vous pratiquez la sorcellerie ? »

Hadra : Bien sûr, qui ne pratiquent pas chez nous ? La charmouta avait deviné il y a quelques années que nous lui avions fait quelque chose, elle avait fait des rêves à ce sujet et nous le lui avions fait payer. Vous savez nous sommes très fiers de cela, les gens ont peur de nous, ils craignent un mauvais sort. C'est très répandu chez nous ! Les djinns, les shaytans et tous les autres…

Le policier : Pensez-vous qu'elle a toujours ce pendentif ?

Hadra : Je n'en sais rien, peut-être, elle est tellement bête…

Le policier sortit et la laissa seule et sous bonne garde. Il alla voir Madi et lui posa des questions similaires, ce dernier répondit pareil qu'Hadra.

Les policiers qui se trouvaient auprès des sœurs et ceux qui gardaient leur mère et Madi comprirent qu'il s'agissait donc d'une famille de terroristes et sorciers en plus. Des gens bons à enfermer !

Pendant l'autopsie, le médecin légiste avait retrouvé les papiers d'Amr dans le pantalon d'Akil. Les policiers présents comprirent qu'il était de la partie et qu'ils leur faudraient le retrouver au plus vite.

Ailleurs, Sandy se trouvait toujours à l'hôpital et ne semblait pas vouloir ou pouvoir se réveiller. Ellis demeurait toujours près d'elle, une infirmière lui avait ramené un lit de camps pour qu'il puisse rester sur place. Il passait son temps à lire des livres seul, à lui faire la lecture, à écouter de la musique, à prier, à manger rapidement et à dormir.

Les jours passèrent et elle ne revenait toujours pas. En même temps, il n'avait pas eu tous les détails de son kidnapping mais il n'était pas sûr de vouloir le savoir, il lui suffisait de la voir sur ce lit pour comprendre que c'était l'horreur.

Il gardait le contact avec Naïs et ses filles qui se languissaient de leur deux parents. Le médecin passait deux fois par semaine pour vérifier son état, s'assurer qu'il n'était pas passer à côté d'un traumatisme plus important qui la maintenait dans cet état. Mais il ne trouvait rien, alors il prenait lui aussi son mal en patience.

Sandy se voyait dans son lit, elle avait l'air fatigué et avait les traits creusés. Elle allait et venait dans la chambre, dans les couloirs de l'hôpital et avait, au début en tout cas, tentait de parler avec les gens alentours. Elle s'était vite rendu compte que personne ne l'entendait ni ne la voyait. Elle ne comprenait pas, jusqu'à ce qu'elle voit une lumière éclatante l'entourait et l'inciter à la rejoindre. Là, elle se retrouva au milieu d'un paysage indescriptible, elle vit des hommes vêtus de tuniques et portant des sandales aux pieds qui s'approchaient d'elle et qui l'entourèrent, avec des visages avenants, souriants et agréables. L'un d'eux lui dit : « Repose-toi bien, prends le temps dont tu as besoin, tu n'es pas seule, tu ne l'as jamais été, tu ne le seras jamais, nous sommes avec toi et nous t'aimons. »

Sandy leur dit alors : « Mais qui êtes-vous ? »

L'homme portait une barbe courte et avait des cheveux relativement courts, il lui répondit : « Je crois que tu sais qui nous sommes, nous ne t'avons jamais laissé tomber, ta vie n'est pas facile mais tu n'es pas seule. »

Puis, il lui caressa la joue et ajouta tout doucement : « Tu es ma fille et je suis là. »

Sandy s'effondra alors et tomba au sol. Ils l'aidèrent à se relever et l'invitèrent à se joindre à eux pour partager une miche de pain dans leur habitation, au milieu de ce décor de rêve. Ils lui essuyèrent ses larmes et passèrent un moment hors du temps terrestre avec elle. Puis, l'homme du début lui dit : « Prends le temps dont tu as besoin pour rejoindre ton corps et te réveiller, tu mérites bien un peu de repos, mais n'oublie pas que nous sommes avec toi, tu n'es jamais seule. Courage, tes prières sont entendues et Il ne te laissera pas ainsi toujours. Les épreuves sont difficiles mais tu es capable de supporter, de dépasser et de profiter de la vie. »

Sandy savait parfaitement de quoi il parlait, c'était suffisamment explicite pour elle. Ils s'éloignèrent d'elle tout en la saluant. Elle s'assit contre un arbre en face d'un merveilleux lac et contempla les environs. Elle vivait enfin en paix, elle était enfin libre et sereine. Elle ne l'avait jamais été depuis qu'elle était née. Quel changement ! Elle n'avait plus envie de retourner dans son corps souffrant et meurtri par les autres. Pourquoi faire ? Pour être accabler par les épreuves de la vie ? Même si elle n'était pas seule, même si elle recevait de l'aide extérieure, elle souffrait quand même beaucoup et elle n'en pouvait plus. C'est pour cela qu'elle retardait l'échéance de son retour parmi les vivants, dans son corps et dans cet hôpital, où elle retrouverait Ellis qui la faisait également beaucoup souffrir.

19

Hadra s'agitait dans sa cellule, elle réclamait à voir quelqu'un. L'un des policiers vint et lui dit : « Vous ne pourrez pas démolir cet endroit même avec toute la sorcellerie que vous pratiquez, alors cessez vos crises d'hystérie ! »

Hadra l'insulta dans sa langue maternelle puis se calma et lui dit : « Vous ne savez pas qui je suis, je suis avocate, je suis très riche, et si nous nous entendions pour qu'on me laisse sortir ni vu ni connu, je retournerai chez moi, et on oublie tout ? »

Le policier rétorqua : « Attendez, vous voulez que l'on s'arrange ? »

Hadra : Oui, bien sûr. Je ne peux quand même pas rester enfermée ici tout le temps, j'ai des clients qui m'attendent à mon cabinet, là-bas.

Le policier : Ça c'est votre problème, vous n'aviez qu'à pas venir ici pour kidnapper Sandy Ghiles qui n'est même pas de votre famille.

Hadra : Alors pourquoi elle porte notre nom de famille, cette chienne ?

Le policier : Je pense que dès qu'elle le pourra, elle le retirera et prendra celui de sa mère. Dès qu'elle se réveillera.

Hadra explosa de rire et finit par lâcher : « Dire que j'ai voulu la sauver pour la ramener chez nous vivante et qu'elle nous serve d'esclave… Elle n'est bonne qu'à ça de toute façon. »

Le policier : Si tu n'as rien d'autres à ajouter, vieille sorcière, je repars travailler. Tu l'as emmené la faire soigner et nous t'avons attrapé. Il y a quand même une justice. Tu devrais le savoir puisque tu dis être avocate. Ta carrière est terminée ! Hadra explosa de rage, il la laissa là.

Les sœurs Meha et Zuha furent renvoyées dans leur pays d'origine avec interdiction de remettre le pied sur le territoire français sous peine de condamnation. Elles n'eurent pas d'autres choix que de se retrouver dans un avion direction le bled. Elles furent fichées auprès des autorités de leur pays mais également sur le territoire français. Leur mère qui avait participé à l'enlèvement de Sandy Ghiles fut condamnée à vingt ans de réclusion criminelle parce qu'elle n'avait aucunement l'intention de la libérer de son plein gré et qu'elle ne l'avait pas libéré dans les sept jours. En plus, elle avait participé aux tortures que la victime avait reçu. Bien entendu, son pays d'origine fut mis au courant et le Conseil de l'Ordre des avocats prit les mesures nécessaires en supprimant le droit d'exercer à cette dernière. Ainsi, elle fut transférée sans appel possible en prison et on ne la revit plus.

Les policiers qui avaient retrouvé auprès du médecin légiste les papiers d'identité d'Amr, étaient partis à la chasse à l'homme, dans les environs, jusqu'à trois cents kilomètres de distance, ratissant tous les lieux susceptibles de correspondre aux agissement de ces derniers. Ils finirent par trouver le corps rigide de celui-ci qui commençait à être visiter par les vers et les bêtes. Ils définirent un périmètre de sécurité et vérifièrent la maison et la grange, ils retrouvèrent du sang en grande quantité un peu partout, ils en prirent des échantillons et les envoyèrent rapidement au laboratoire pour connaitre l'ADN. Était-ce celui de Sandy, de Madi ou d'autres ?

Ils bouclèrent les lieux et poursuivirent leurs investigations. Ellis fut rejoint par l'un d'eux qui lui demanda de plus amples détails de l'entreprise pour laquelle Sandy avait postulé et s'était retrouvé avec ces derniers. Il le mit également au courant de l'avancé de l'enquête et du sort de la plupart des ravisseurs et autres complices. Des mois s'étaient écoulés depuis l'enlèvement et depuis son arrivée à l'hôpital. Elle n'était toujours pas revenue à elle. Ellis ne s'en remettait pas. Il avait fourni tous les éléments qu'il avait pu aux enquêteurs sur cette entreprise, il avait été obligé de chercher dans les affaires de cette dernière.

L'enquête se poursuivit sur les initiateurs de cette pseudo entreprise d'immobilier qui en fait était crapuleuse, frauduleuse. Elle n'existait pas. Madi qui avait été employé dedans, fut interrogé sur cette affaire et il paraissait en savoir plus que ce qu'il voulait bien laisser croire. Les médecins s'agitaient autour de Sandy, les machines s'étaient mises à sonner alertant tous les professionnels de santé qui déboulèrent dans sa chambre. Ils l'emmenèrent rapidement au bloc et la gardèrent quelques heures. Ils cherchaient la cause mais ne parvenaient pas à la trouver. Ils la mirent sous surveillance accrue, jamais ils ne s'étaient retrouvés face à un cas similaire. Ils prévinrent les policiers qui venaient aux nouvelles, de la situation de celle-ci et ces derniers comprirent qu'il s'agissait peut-être de la sorcellerie d'Hadra et de sa famille. C'était une explication, certes un peu tirée par les cheveux, excentrique mais scientifiquement et médicalement parlant, les médecins assuraient qu'ils ne trouvaient pas d'explications alors pourquoi ne pas se tourner vers cette option-là ?

Ils rentrèrent en contact avec Hadra et lui demandèrent si de sa cellule, elle continuait sa mission de destruction envers Sandy en utilisant la sorcellerie et celle-ci se mit à rire à gorge déployée, elle finit par leur dire : « Je suis là, c'est elle qui aurait dû crever, elle n'a pas le droit de vivre alors je la fais payer et je ne suis pas la seule dans ce cas... »

Ils la laissèrent et prévinrent leur supérieur. Il fut entendu que les médecins ne pouvaient pas soigner Sandy, ils contactèrent alors plusieurs exorcistes. Ellis se trouvait toujours auprès de Sandy, Naïs l'appela, il répondit : « Salut, tout va bien avec les filles ? »

Naïs : Je veux parler aux enquêteurs s'il-te-plait.

Ellis : Pour leur dire quoi ?

Naïs : Que ce n'est pas la première fois qu'elle est attaquée par la magie des autres, qu'elle ne doit pas être seule et qu'il lui faut un exorcisme à l'ancienne comme nous en avons déjà fait sur elle, si tu vois ce que je veux dire. C'est la seule façon pour qu'elle revienne parmi nous.

Ellis : Je ne sais pas si c'est une bonne idée.

Naïs : Il faut le faire, la situation ne peut plus durer.

Ellis soupira et dit : « D'accord, je vais voir si je peux voir quelqu'un dehors, reste en ligne. »

Naïs n'avait pas l'intention de couper, elle attendit et entendit finalement une voix grave lui dire : « Bonjour madame, vous êtes la mère de Sandy ? »

Naïs : Oui, tout à fait, je suis auprès de mes petites filles à la maison, je souhaitais vous parler car j'ai des choses à vous dire concernant vos récentes découvertes sur ma fille et ce qu'elle subit actuellement.

Le policier : Je vous écoute.

Naïs : Voilà, ma fille a toujours été la cible de la famille de Arif Ghiles, je ne le savais pas ou en tout cas, je n'en connaissais qu'une partie. Je n'étais pas au courant qu'il la violentait sexuellement ni que sa famille faisait de même, il la battait régulièrement et l'insultait copieusement, souhaitant sa mort chaque jour et je mettais son comportement sous la maladie, la psychologie et pleins d'autres explications loufoques, je m'en rends compte aujourd'hui. Bref, ma fille a toujours su qu'elle n'était pas seule, elle me le répétait souvent et je ne comprenais pas très bien ce que cela voulait dire jusqu'à ce qu'elle vive un exorcisme improvisé avec son conjoint Ellis Pao qui se trouve près d'elle. Nous avons fait venir des exorcistes, j'ai contacté beaucoup de monde mais ses crises de possession ne se manifestent pas comme une possession classique parce qu'il ne s'agit pas de démons invisibles mais d'esprits malins envoyés par sorcellerie par des corps maléfiques, directement du bled ou d'ailleurs. L'exorcisme ne se présente donc pas de la même façon et la possession non plus. Nous avons déjà pu en pratiquer sur elle, de manière très agressive car ceux qui l'habitent sont particulièrement tenaces, menaçants et violents et œuvrent pour l'abimer et la tuer. Je vous demanderai donc de laisser Ellis Pao s'occuper de son cas, nous savons tous les deux qu'il s'agit là de la meilleure solution. C'est le seul moyen pour qu'elle revienne parmi nous, saine et sauve.

Le policier : Vous avez donc l'habitude de ce genre de situations ?

Naïs : Malheureusement oui, surtout ma fille qui n'a jamais eu peur de ces choses, elle souffre beaucoup mais je vous en prie, laissez-moi revoir ma fille avant que je ne parte pour l'autre monde. Je sens que chaque jour qui passe m'éloigne d'elle, je pense également à ses filles qui la réclament ainsi que leur père. Je vous en prie, acceptez ma requête.

Le policier : Je transmet votre demande et nous vous tiendrons informés. Bonne journée madame.

Il rendit le téléphone à Ellis qui avait entendu toute la conversation, le policier lui dit : « Vous savez comment faire pour la délivrer ? »

Ellis : Oui, plus ou moins. Cela ne se présente pas comme ça d'habitude mais j'ai peut-être une idée pour les réveiller.

Le policier hocha la tête, cette histoire était depuis le début bien étrange, et cela ne faisait que se confirmer encore. Il prévint ses collègues qui vinrent et donnèrent leur feu vert. Il fallait qu'elle revienne à elle pour qu'ils puissent l'interroger et boucler cette affaire.

Ellis souffla un coup, demanda au personnel soignant de retirer tous les meubles alentours et toutes les machines l'aidant à la maintenir en « vie ».

Il en était presque sûr, elle était empêchée de revenir, il était temps de les faire sortir et qu'il la retrouve enfin.

20

Sandy se trouvait toujours dans ce magnifique paysage, l'homme qui lui avait parlé la première fois s'approcha d'elle et lui dit : « Il va falloir que tu retournes auprès de ton corps, il va se passer quelque chose de difficile, mais tu as pu te reposer, tu es plus forte et tu sais que tu n'es pas seule. Nous sommes avec toi, tu dois aider ton corps à lutter contre ceux qui vous attaquent. Sache que beaucoup de choses se sont passées depuis que tu es ici. Des évènements qui marqueront le début d'une nouvelle vie pour toi. Mais avant de pouvoir en profiter, tu vas devoir te confronter à la réalité. Ta réalité, tu n'as pas le choix. »

Sandy : Je crois comprendre ce que tu veux dire. J'ai peur, je n'ai pas envie de revivre ça. C'est si douloureux, si injuste, si terrifiant.

L'homme était vêtu de blanc et semblait lumineux. Il lui sourit, lui toucha la joue et lui dit : « Tout ira bien, tu seras récompensé quand l'heure sera venue. Tu n'es pas seule, ne t'abandonne pas. Sois forte comme tu l'as toujours été, nous veillons sur toi. »

Sandy pleurait, elle hocha la tête. Il approcha son doigt vers son front et l'effleura à peine. Elle se retrouva instantanément dans son corps et comprit l'urgence de la situation.

Les médecins furent mis au courant, l'exorciste qui venait lui rendre visite également. Ellis avait fermé la porte à clef. Lorsqu'ils voulurent rentrer, ils ne le purent pas. Ellis vaporisa son parfum un peu partout dans la pièce et cherchait sur son téléphone un son bien particulier.

Alors qu'il était concentré, les yeux de cette dernière s'ouvrir et elle se mit à grogner comme une bête. Il se retourna et dit : « Enfin, vous voilà. »

Elle se détacha en un clin d'œil et se releva, ses yeux n'étaient plus les siens. Ils étaient diaboliques, rouges au milieu, noir tout autour. Il n'y avait plus de blanc dans ses yeux. Elle grognait et bavait abondamment.

L'exorciste qui assistait à la scène se tourna apeuré vers les policiers et leur dit : « Mais, vous les voyez ? »

Il y avait quatre policiers prêts à intervenir au besoin, qui hochèrent la tête, choqués par la vision qu'ils avaient.

Ellis leur dit : « Bon, que lui voulez-vous ? »

Ils répondirent : « Elle doit mourir, elle est à nous ! »

Ellis : Non, elle est à Dieu. Elle ne vous a jamais appartenu. Jamais.

Puis il lança des psaumes contre les puissances du mal, des Tehilims. Ces derniers hurlèrent et commencèrent à griffer le visage de Sandy. Ils la levèrent et la fracassèrent contre les murs de la chambre. Ellis la rejoignit et leur dit : « Cela suffit maintenant, retournez d'où vous venez ! »

Sandy se débattait, grognait et parlait avec une voix rauque, grave, cassée, une voix que l'on aurait pu décrire comme bestiale, inhumaine, diabolique. L'exorciste assistait à la scène stupéfait. Sandy avait ses bandages partout, ses plaies explosèrent sous le coup des démons qui se trouvaient en elle. Ils léchèrent le sang et laissèrent couler le reste sur le sol. Ils se retournèrent vers l'exorciste et lui dirent : « Tu as peur, prêtre ! »

Puis, ils donnèrent des coups au corps dans lequel ils étaient en criant et en l'insultant. Ellis tentait de les maitrisaient. Il priait à haute voix ce qui mit très en colère ces derniers. Ils lui donnèrent des coups de pieds, des coups de poings dans les côtes. Ils avaient une force surhumaine, le corps de Sandy n'aurait pas dû être capable d'autant de force, de hargne, pas après tout ce qu'elle avait subi. Ellis se trouvait, à présent, par terre sur elle et tentait de lui parler, de la faire revenir, qu'elle reprenne le contrôle sur ces êtres, en vain. Ils le soulevèrent comme une plume et le firent s'écraser contre le mur d'en face puis ils sautèrent sur le lit et arrachèrent les cheveux de cette dernière. Elle n'était plus là, c'étaient eux.

Le prêtre voulut rejoindre Ellis et pratiquer l'exorcisme. Il avait eu le feu vert du Vatican pour cela. Les policiers forcèrent la porte et le laissèrent entrer. Deux rentrèrent avec lui et les deux autres refermèrent la porte. Ellis dit à l'exorciste : « Que faites-vous ? »

Le prêtre : Je viens vous aider. Ne vous occupez pas de moi.

Il sortit rapidement ses affaires et demanda de l'aide aux policiers présents. Puis, il se tourna vers les démons et leur hurla dessus : « Quels sont vos noms ? »

Il répéta à plusieurs reprises cette question, à tel point qu'ils lui répondirent : « Ton exorcisme ne fonctionne pas sur nous, retourne renifler tes petites culottes. »

Le prêtre continua. Ellis se prenait des coups de pieds, de poings, de griffures. Il maintenait autant qu'il pouvait ces choses qui affaiblissaient à vue d'œil Sandy.

Il l'avait vu déjà trop souvent dans cet état, il ne comptait plus les fois où il l'avait aidé à s'en libérer. Le prêtre s'approcha de Sandy et lui posa sur le front le Christ, ils hurlèrent, s'arrêtant net de bouger. Ellis se releva un peu et aidé du prêtre, ils relevèrent le corps de Sandy. Ses yeux étaient à présent tout rouges et Ellis ne l'avait jamais vu aussi mal, il craignait que ses yeux n'éclatent sous la pression de ces choses. Le prêtre répéta sa question. Il finit par obtenir une réponse : « Nous sommes les maitres, rois et princes de l'enfer, nous sommes avec nos légions, soit 4,5 millions à la détruire. »

Le prêtre : Vous ne la détruirez pas, c'est une enfant de Dieu, je ressens sa main sur elle, il est là et nous sommes là pour la sauver.

Ellis : Bande de pourritures, vous allez la laisser tranquille !

L'un des démons répondit : « Ta gueule fils de pute, tout ça est arrivé grâce à toi. Nous ne partirons pas, elle est à nous. »

Sandy perdait des forces, ses plaies étaient béantes et la chambre ne ressemblait plus à rien, tout était en dessus dessous. Les policiers les aidèrent à l'installer sur le lit et l'attachèrent solidement dessus. Ils grognaient de plus en plus fort. Le prêtre poursuivit malgré les menaces, les provocations, les insultes, les sous-entendus et tous les détails qu'ils donnaient le concernant. Ils parlèrent même aux policiers en ces termes : « Fouillez-le ensuite, vous y trouverez toutes ses perversions, il touche, viole et insulte toutes les bonnes sœurs et petites filles qu'il croise... Ouh j'aurais pas dû dire ça... Hahaha ! »

Son rire prenait les tripes et glaçait le sang de tout le monde. L'exorciste leur posa des questions. Ellis la maintenait toujours, ces derniers rompant leurs liens en un clignement d'œil et la faisant hurler si fort que la plupart eurent la chair de poule.

Le prêtre poursuivait inlassablement, ils refusaient de quitter son corps, ils refusaient de la laisser tranquille. Tout à coup, le corps de Sandy qui n'avait plus aucune force, ressentit une vive lumière éclatante et lumineuse à souhait envahir la pièce dans laquelle elle se trouvait, elle ne vit personne mais elle savait au plus profond de ses entrailles que Dieu ne l'avait pas abandonné et lui avait envoyé du renfort pour la sauver. Les démons s'en rendirent compte également et perdirent de leur intensité, ils brûlèrent et se mirent à hurler d'épouvante, il y en avait tellement que le corps se mit à vomir des tonnes de baves mêlaient à du sang, des poils, des plumes, des défections et sans doute beaucoup d'autres choses. C'était effroyable ! Personne n'avait jamais vu autant de magie dans un corps. Elle était toujours éblouie par cette intense lumière blanche et il semblait qu'elle était la seule à la voir avec les démons qui l'habitaient encore, plus pour longtemps. Petit à petit, alors qu'Ellis continuait ses prières, que le prêtre poursuivait son rituel, son corps se détendit et ses traits commencèrent à réapparaitre, elle retrouva ses couleurs et se calma. Elle grelottait, tremblait et saignait abondamment mais l'exorcisme touchait enfin à sa fin. Les légions et autres démons l'avaient enfin quitté et ils ne reviendraient plus de sitôt, en tout cas, elle l'espérait. Ellis la maintenait toujours fermement, le prêtre termina son exorcisme. Il lui dit : « C'est fini ! Vous pouvez la relâcher. »

Ellis la reposa doucement sur le lit et constata qu'elle avait les yeux ouverts, elle pleurait. Elle avait retrouvé son regard gentil et sain de d'habitude. Il fut soulagé et lui dit : « Je te promets que je vais changer, je ne veux plus jamais te revoir dans cet état, je suis tellement désolé ma chérie. J'ai cru qu'ils ne te laisseraient jamais tranquille, j'ai eu tellement peur, si tu savais ! »

Au même moment, Hadra hurla dans sa cellule, elle savait que tout était terminé et que Sandy, c'en était une fois de plus, remise. Elle se vengerait et recommencerait et elle ne serait pas la seule.

Les médecins qui étaient restés derrière les vitres et la porte, rentrèrent rapidement et demandèrent si cette fois c'était bien fini, le prêtre et Ellis hochèrent la tête. Ils l'emmenèrent vite fait bien fait au bloc et la soignèrent. Son corps avait encore les traces de la possession à laquelle ils venaient d'assister, choqués et impuissants. Beaucoup d'entre eux avaient abandonné Dieu, beaucoup y retournèrent après cet épisode d'une violence inouïe et gratuite.

Ils ramenèrent Sandy dans sa chambre qui avait été remise en place et attendirent qu'elle revienne enfin à elle. Elle ouvrit les yeux et semblait apeurée au bout de deux heures. Ellis se pencha vers elle et l'embrassa sur le front, il lui dit : « Je ne te ferais plus souffrir, je te le promets. »

Le prêtre s'avança et lui dit : « Je suis soulagé de vous voir saine et sauve, Sandy. Cela n'a pas été facile mais nous vous avons aidés à vous libérer de l'emprise des démons. »

Sandy voulait parler mais n'y parvint pas. Elle tourna lentement sa tête vers la carafe d'eau, Ellis lui en servit un verre et l'aida à boire. Elle s'arrêta et dit : « Où suis-je ? La dernière fois que j'étais consciente, je me trouvais dans cette grange où j'ai été violée par Akil, Madi, Hadra, Amr. »

Les policiers s'étaient remis de leurs émotions et lui dirent : « Tout ce monde a été arrêté, ils avaient des complices que vous connaissiez. Hadra a écopé d'une lourde peine tout comme son fils, Amr et Akil ont été tué. Meha et Zuha ont été expulsées dans leur pays et n'auront plus le droit de revenir sur le territoire français. Quant à Madi, il est toujours entendu dans l'affaire de l'entreprise pour laquelle vous aviez postulé. Nous savons que vous êtes très fatiguée, mais nous aimerions vous poser quelques questions. »

Sandy hocha la tête. Elle répondit avec autant de précisions que possible à ces derniers et ils la remercièrent pour ses réponses. Ils lui souhaitèrent un excellent rétablissement et rejoignirent leur commissariat où ils racontèrent tout ce qu'il s'était passé. Ils se rappelèrent ce que les démons avaient dit au sujet du prêtre et le firent venir pour témoigner de l'exorcisme. Ils en profitèrent pour le fouiller et ce qu'ils découvrirent les laissèrent sans voix. Ils trouvèrent des clés USB, ils les ouvrirent et y virent des vidéos des atteintes sexuelles qu'il faisait subir à ses victimes. Il fut écroué sur le champs et ne put démentir ce que ces fichus démons avaient balancé sur lui.

Jamais les policiers n'auraient pensé être aidé d'une quelconque manière par des entités démoniaques. Mais son arrestation était la preuve que tout cela existait. En tout cas, c'est ce qu'ils se dirent.

Sandy poursuivit sa convalescence à l'hôpital, elle put également revoir sa mère et ses filles en vidéo. Ces dernières étaient euphoriques. Sandy n'était pas encore en état de rentrer mais elle serait transférée dans l'hôpital près de chez elle afin de recevoir la visite de ses proches.

Ellis ne la quitta plus jusqu'à ce qu'elle puisse rentrer avec lui.

21

Plusieurs mois passèrent et les médecins se rendirent compte qu'elle commençait à avoir des symptômes de grossesse, les odeurs, les nausées matinales, ils lui firent une prise de sang sans lui en parler et constatèrent qu'elle l'était bel et bien. Ils programmèrent une intervention pour les jours suivants et elle leur demanda : « Je sais que je suis enceinte, je le ressens au plus profond de moi. Le plus terrible dans cette histoire c'est qu'il est impossible de savoir qui est le père, vu que tous m'ont violé. Je voudrais que vous pratiquiez la stérilisation définitive. »

Le médecin de garde : Vous êtes encore jeune, vous pourriez vouloir d'autres enfants !

Sandy : Non, je n'en veux plus d'autres, ma dernière grossesse a été très difficile, mon corps ne se mettait plus en travail, il a fallu que l'on me déclenche et même là, ça a été laborieux. Et de toute façon, je ne crois pas avoir encore la force de supporter le travail que cela demande un tout petit bébé. Ma fille a actuellement dix-huit mois, c'est encore très sportif, cela me suffit amplement. Alors, étant donné que c'est mon corps, que j'ai déjà trente-sept ans et que je n'en suis pas à ma première, loin de là, je vous demande ceci comme une faveur, je vous en prie, acceptez de me ligaturer les trompes afin que je ne risque plus aucune grossesse.

Le médecin hocha la tête. C'était entendu. L'opération aurait lieu deux jours plus tard, pas de créneaux avant. Sandy ne parlait pas avec Ellis, bien que celui-ci tentait diverses approches pour l'aborder.

Il finit par la laisser et retourna à la maison. Il ne retourna plus jamais auprès d'elle. Après son intervention, elle resta encore quelques semaines à l'hôpital et fut enfin libérée. À sa sortie, des policiers l'attendaient et lui dirent : « Bonjour madame Ghiles, nous vous souhaitons un bon retour parmi nous, nous voudrions vous emmener au commissariat pour signer des documents et vous confronter une dernière fois avec Madi. »

Sandy : Je n'ai pas le choix, j'ai l'impression.

Le policier : Nous sommes navrés, vous deviez avoir hâte de rentrer chez vous mais c'est vraiment important.

Sandy hocha la tête. Elle les suivit et monta dans la voiture. Ils la conduisirent au commissariat et l'emmenèrent s'installer dans une pièce séparée par une vitre à triple épaisseur. Ils lui dirent : « Restez là, nous allons le chercher. »

Sandy se sentait mal, de revoir ce type la rendait malade. Après toutes les monstruosités qu'il lui avait fait subir, elle éprouverait des difficultés à agir normalement.

Alors qu'elle était perdue dans ses pensées, elle vit la porte s'ouvrir derrière la vitre et les policiers le faire asseoir. Un des deux policiers resta près de lui, l'autre vint la voir et lui dit : « Comment ça va ? »

Sandy : Je ne me sens pas très bien, de le revoir me rappelle tout ce qu'il m'a fait subir.

Le policier : C'est normal. Mais il sera condamné pour ce qu'il vous a fait pendant votre enlèvement, là, il s'agit de l'entreprise pour laquelle vous aviez postulé. Pouvons-nous y aller ?

Sandy : Puisqu'il semble que je n'ai pas le choix...

Il hocha la tête et la fit passer devant puis lui dit :
« Ouvrez la première porte sur votre gauche, nous rejoindrons la salle et mon collègue. »

Sandy respira profondément et fit ce qu'il dit. Elle se retrouva confronter à ce dernier qui lui dit avec une voix zozotante : « Tiens comme on se retrouve ! »

Le policier lui dit : « Tais-toi ! »

Sandy s'installa en face de lui, entourée des deux policiers. Un troisième les rejoignit et prit place à ses côtés, pour le surveiller. Ce troisième était en fait une femme policière. C'était la première fois que Sandy en voyait une. Les policiers parlèrent avec Madi et l'obligèrent à répéter tout ce qu'il avait raconté concernant sa rencontre avec Sandy. Elle écoutait sans dire un mot. Puis, les policiers lui dirent : « Est-ce exact ? »

Sandy : Non, pas du tout.

Et elle leur expliqua les raisons qui l'avaient poussé à chercher du travail, sa découverte du poste, sa postulation, le retour qu'elle avait eu quelques jours plus tard, le rendez-vous prit avec ce dernier, la rencontre avec les deux autres candidates, le règlement de compte, l'insistance lourde de ce dernier envers elle, sa manière de la regarder, de l'observer, ses insinuations, ses essais infructueux, puis comment avec son conjoint cela avait généré une escalade de difficultés, comment Madi avait renversé la tendance et lui avait finalement fait sa déclaration, comment elle l'avait remis à sa place et tout ce qui s'en était suivi ensuite avec Alexy enfin Amr, puis la commande des pizzas et son appel à la police qui ne fut pas pris en compte et finalement son enlèvement.

L'un des policiers lui dit : « Attendez, c'était vous qui aviez appelé pour cette histoire de pizzas ? »

Sandy : Oui, pourquoi ?

Le policier : Que s'est-il passé ?

Sandy : Personne n'est venu.

Le policier se sentit mal à l'aise, il sortit de la pièce. Madi explosa de rire et s'approcha de cette dernière, il lui dit : « Tu en veux encore hein salope ? »

La policière le rassit et lui donna une claque derrière la tête. Il l'insulta et fit sortir ce qu'il lui restait de langue autour de sa bouche tordue. C'était ignoble !

Sandy baissait les yeux et lui dit finalement : « Je t'emmerde connard, je t'avais dit que vous ne gagneriez pas après m'avoir kidnappé, vous ne m'avez pas cru. Aujourd'hui Hadra est condamnée, ses filles sont retournées au bled et ne reviendront jamais, Yero est en prison lui aussi, Amr a été tué et Akil est mort assassiné par Yero. Tu parles d'une brochette de merdes. Il ne reste plus que toi et je vais tout faire pour te faire tomber. Je ne laisserais plus aucun d'entre vous m'atteindre. Et si cela recommençait, vous ne pourriez pas me faire tomber enceinte car je suis à présent stérile, espèce de sale dégueulasse ! Je vous hais et je vous maudis encore plus que vous pouvez me détester. Je ne vous pardonnerais jamais tout le mal que vous m'avez fait subir toute ma vie ni ces derniers mois ! »

Elle se leva et sortit contre l'avis des policiers sur place. Ces derniers la rejoignirent et lui dirent : « On va vous laisser rentrer chez vous. On vous appelle un taxi ? Ou bien préférez-vous que l'on joigne votre conjoint ? »

Sandy : Je préfère que vous l'appeliez. C'est plus prudent.

Le policier : Je comprends.

Il partit dans son bureau et le contacta. Le second policier qui était sorti revint près de cette dernière et lui dit : « C'était moi. »

Sandy : Hein, comment ça ?

Le policier : C'était moi que vous aviez eu au téléphone lorsque vous avez raconté cette histoire de pizzas.

Sandy le dévisagea et ajouta : « Et pourquoi personne n'est venu ? »

Le policier : Parce que je pensais que c'était un canular. En ces temps, il y avait toute une série de faux appels et j'ai cru que là c'était pareil. Si j'avais su, si j'avais pu imaginer, j'aurais envoyé la patrouille.

Sandy : Non, je ne vous pardonne pas. Peut-être qu'ils n'auraient pas agi ainsi, s'ils avaient craint des représailles. Et puis, c'est de votre devoir d'agir pour protéger les citoyens, non ? J'avais tout fait comme il faut et vous auriez dû vérifier que ce que je disais était véridique. Je suis écœurée.

Le policier ne répondit rien. Il ne savait pas quoi répondre, elle était dans son droit et lui, avait fait une faute professionnelle grave qui avait finalement eu des répercussions désastreuses.

Son collègue vint la trouver et lui dit : « Votre conjoint arrive, je suis désolé pour cette confrontation. Vous ne verrez plus Madi, il va rejoindre ses compères pour un sacré bout de temps. »

Sandy : Il n'y aura pas de risque qu'il fasse appel ?

Le policier : Non, j'ai appris qu'il n'en aurait pas la possibilité tout comme les autres. C'en est fini pour eux. Enfin. Vous devez vous sentir plus à l'aise ?

Sandy : Je ne réalise pas bien. Il va me falloir du temps.

Le policier : C'est tout à fait normal. Je vous raccompagne.

Sandy : Vous devriez parler avec votre autre collègue, les aveux qu'il m'a fait son impardonnable.

Le policier : Lesquels ?

Sandy : Voyez ça avec lui, je commence à être fatiguée.

Le policier : D'accord. Je vais voir de quoi il s'agit. Bon retour et bon rétablissement.

Sandy le remercia et attendit qu'Ellis arrive pour monter dans la voiture et enfin retrouver ses filles et sa mère.

22

Arrivés chez eux, Sandy ne fit aucun bruit et surpris ses filles qui jouaient tranquillement dans le salon. Lorsqu'elles la virent, elles lui sautèrent dessus. Elles se firent de grands câlins et l'on pouvait ressentir de l'amour à profusion. Elle leur avait beaucoup manqué, c'était évident. Mais la réciproque était claire et marquée également.

Elles passèrent le reste de la journée ensemble, Naïs lui dit : « Je suis soulagée de te revoir avec nous, comment te sens-tu ? »

Sandy : Je n'en sais rien. Franchement, je ne souhaite cela à personne, hormis à ceux qui sont les auteurs de…

Elle ne finit pas sa phrase et Naïs n'insista pas. Sandy lui dit toutefois que pendant son exorcisme à l'hôpital, ce qui la délivra ce n'était ni Ellis ni le prêtre mais la venue d'aide extérieure, de l'Au-delà, du Très-Haut. Elle avait vu apparaitre une lumière étincelante la délivrer des démons qui la possédaient et c'est grâce à cette intervention qu'elle avait pu s'en remettre.

Sans doute qu'Ellis et le prêtre avait mis sur la voie mais à eux seuls, ils n'auraient pas pu les faire partir. Ils seraient restés et auraient recommencer plus tard.

Naïs : Tu vois, je te le répétais toujours, tu n'es pas seule, je suis contente pour toi. Même si j'aurais préféré qu'il ne t'arrive pas tout ce que tu as traversé. Cela devait être horrible !

Elle l'embrassa et la laissa se reposer. Sandy retrouva sa chambre, elle n'alla pas voir Ellis qui se trouvait de son côté et qui n'avait plus tenter de lui reparler. Elle constatait qu'aucun changement ne se remarquait plus, finalement son silence avait eu raison de lui et il était tombé de nouveau dans ses travers. Les mêmes qui lui avaient donné envie de trouver sa liberté. Elle retrouva son téléphone qu'elle avait laissé chez elle tout ce temps, pour ne pas que les autres le lui volent si elle venait à se faire enlever.

Elle avait vu juste, encore une fois. Elle découvrit de multiples notifications, des courriels, des messages. Presque une année était passée, elle avait du temps à rattraper. Elle brancha son téléphone et s'allongea pour de bon, elle s'endormit rapidement.

Était-ce son retour à domicile qui lui provoquait des crises d'angoisse ? Possible, en tout cas, là, c'était le cas.

Elle se réveilla en sursaut et se retrouva nez à nez avec ses filles qui étaient venus la voir. Sa fille aînée lui dit : « Qu'as-tu maman ? »

Sandy : Rien, j'ai juste fait un cauchemar, ça va aller.

Sa petite sœur touchait à tout, Sandy l'appela et lui dit : « Viens faire un câlin à maman ma chérie. »

Elle s'empressa de la rejoindre et elles firent, toutes trois, un très gros câlin.

Elles furent interrompues par Ellis qui venait voir Sandy. Celle-ci ne s'attendait pas à le trouver là. Les filles sortirent et retournèrent jouer, les laissant seuls.

Il s'avança et s'assit sur une chaise non loin. Il lui dit : « Je suis désolé pour ces derniers temps où je t'ai laissé, j'en ai eu assez de ne pas obtenir de réponses et j'ai beaucoup réfléchi, je me suis rappelé qu'à cause de moi, tu avais subi de nouveaux traumatismes. Je ne veux plus être une source de déceptions, je voudrais pour une fois que ce soit le contraire. Alors si tu voulais bien me reparler, me laisser une énième chance de te prouver ma bonne foi, cela me rendrait très heureux ! »

Sandy répondit : « Je ne te parle pas car je n'en ressens plus le besoin. Et ça me fait peur parce que je me rends compte qu'en fait, je deviens comme toi. Je me passe très bien de toi, de compagnie. Je me suffis à moi-même. »

Ellis : Tu veux dire que je ne sers plus à rien ?

Sandy : Je veux dire que je ne sais pas si cela reviendra un jour. Je suis désolée. Mais j'ai trop souffert à tes côtés, alors ce n'était peut-être pas volontaire mais le résultat est le même. Et je ne veux plus souffrir. Alors merci pour l'exorcisme mais à présent que je suis enfin rentrée, je n'ai pas plus de choses à te dire que cela. Si tu veux me parler, fais-le mais ne t'attends pas forcément à une réponse…

Ellis : Alors je te prouverais que je vaux le coup. Je te laisse te reposer.

Sandy ne répondit rien. Elle se redressa et le suivit, elle alla dans la cuisine et regarda s'il y avait quelque chose à manger. Elle ne trouva rien. Elle n'avait pas la force de cuisiner. Elle sentait une énorme fatigue l'envahir. Ellis s'en rendit compte et lui dit : « Va te reposer, je vais cuisiner comme au bon vieux temps. Je t'appellerais quand ce sera prêt. »

Sandy hocha la tête. Elle s'assit en face de la télévision et l'alluma. Elle fut rejoint par Naïs et ses filles. Elles passèrent un agréable moment. Au bout de deux heures environ, Ellis lui ramena une assiette bien garnie et lui dit : « J'espère que tu vas aimer, j'ai pensé que ça te plairait ! »

Sandy hocha la tête et goûta. Il attendit un moment et elle finit par lui dire : « Oui, c'est très bon. Merci. »

Ellis : Je suis content, profite bien. Bon appétit !

Sandy continuait à manger, seule. Elle se releva et lui dit : « Il y en a pour tout le monde, venez vous joindre à moi, pour une fois. »

Il hocha la tête en souriant, il ramena les assiettes, le plat et tous s'assirent à ses côtés. Ce n'était pas grand-chose mais c'était un début pour cette famille qui avait été brisée dont Sandy était le noyau central.

FIN